書下ろし

辻あかり

屋台ずし・華屋与兵衛事件帖

逆井辰一郎

祥伝社文庫

目次

不忍池
小料理屋『ゆめや』
（池之端仲町）
下谷
佐久間町
専光寺
（浅草 新寺町）
浅草御門
柳橋
両国橋
八右衛門店
（両国尾上町）
本所
回向院
神田川
内神田須田町
伝馬町
魚屋『魚平』
（日本橋小網町）
両国広小路
薬研堀
元柳橋
一つ目橋
竪川
大川
江戸城
大手門
北町奉行所
南町奉行所
日本橋
江戸橋
荒布橋
呉服町
和田倉門
桜田門
数寄屋橋
御門
京橋
小名木川
深川
富ヶ岡八幡宮
山下御門
木挽町
三十間堀
守山町
ももんじ屋
（惣十郎町）
小浜藩江戸上屋敷
（愛宕下大名小路）

「辻あかり」の舞台

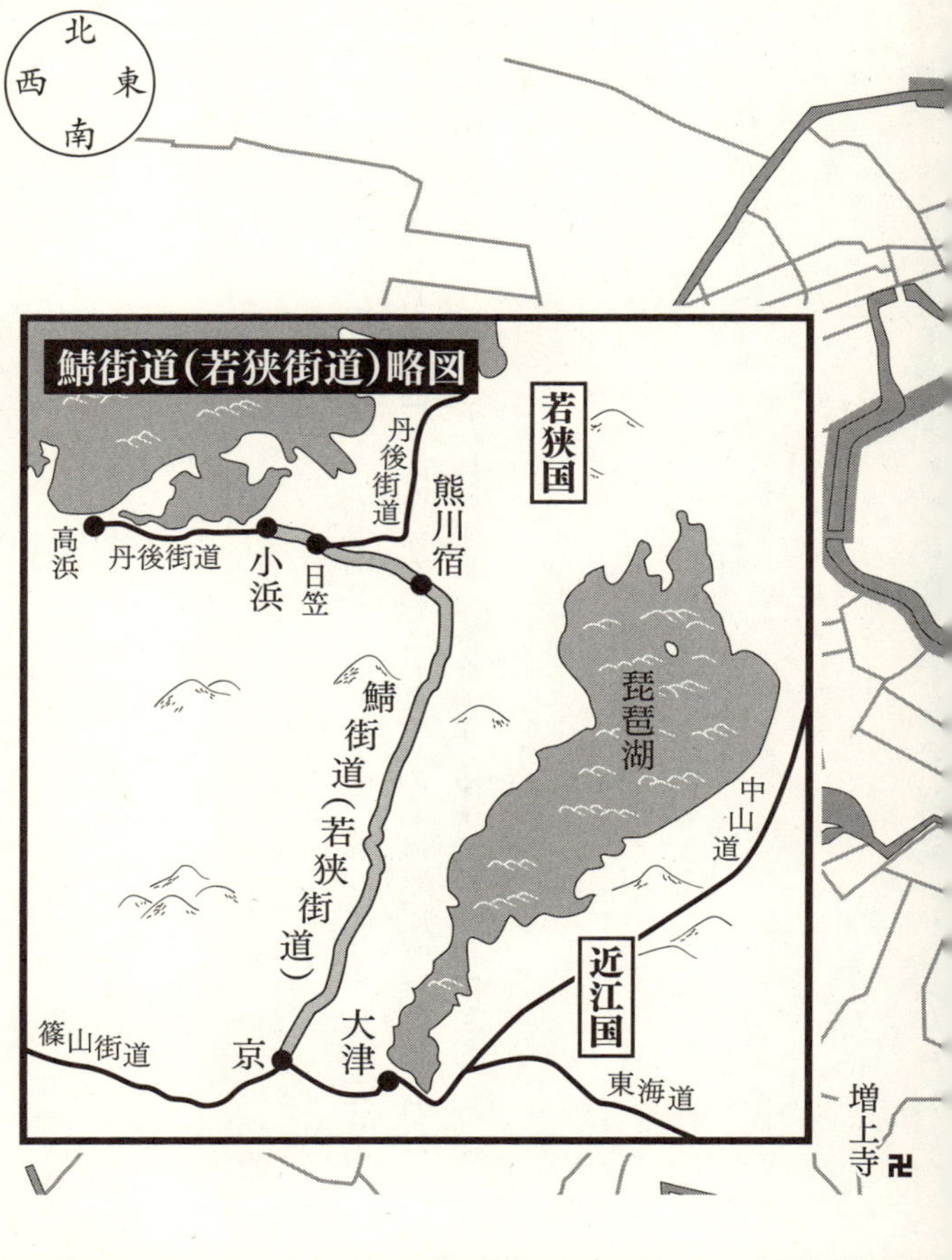
北
西
東
南
鯖街道（若狭街道）略図
若狭国
丹後街道
熊川宿
高浜
丹後街道
小浜
日笠
鯖街道（若狭街道）
琵琶湖
中山道
近江国
篠山街道
京
大津
東海道
増上寺

文政《ぶんせい》七年（一八二四）、江戸三鮨《さんすし》の一つ、山葵《わさび》を使った江戸前の握りずしが売り出され、大繁盛《だいはんじょう》した。日本の食文化に一大革命を起こした男の名は華屋与兵衛《はなやよへえ》。これは、若狭《わかさ》から江戸に出てきた与兵衛が「与兵衛ずし」を考案するまでの物語である。

その男、華屋与兵衛《はなやよへえ》

一

若狭《わかさ》と近江《おうみ》の国境《くにざかい》にある鯖《さば》街道熊川《くまがわ》宿に半里（約二キロ）ほどの峠《とうげ》を、小浜《おばま》方面から一人の飛脚が駆け上がってきた。

肩に担《かつ》いだ状箱には小浜藩主・酒井《さかい》家の家紋「丸に剣酢漿《けんかたばみ》」が入っていた。

峠を上りきった辺りで、飛脚は急に立ち止まり、あたふたと近くの雑木林の中へ駆け込んで用を足しはじめた。

ぎりぎりまで我慢していた放尿を終え、飛脚はすっきりした顔で街道へ戻りかけて足を止め、一方の木立の根方に目をやった。

土中から何かが突き出ている。

怪訝《けげん》そうに目を凝《こ》らしながら近寄った飛脚は、思わず息を呑《の》んで立ちすくんだ。

突き出ていたのは、なかば白骨化した人間の右手だった。

江戸からおよそ百三十里（約五二〇キロ）西北にある鯖街道の正式名称は若狭街道。日本海に面した、十万三千石《ごく》の譜代大名小浜藩の城下町小浜で陸揚げされた鯖などの海産物が若狭街道を経て京・大坂《おおざか》へ運ばれたのが、鯖街道と呼ばれる由来だった。

　白骨化した人間の右手を発見した飛脚は小浜藩が国許《くにもと》と江戸藩邸、領内の役所を結ぶために抱えている、いわゆる大名飛脚だった。

　この頃には御三家や大藩を除くと、経費節約のため町場の飛脚屋に委託する藩が少なくなかったのだが、京にも藩邸があり、歴代藩主が何度か老中など幕閣の一翼を担《にな》ってきた自負もあって、小浜藩では自前の飛脚を使っていた。

　飛脚が熊川宿にある小浜藩代官所の番所へ届け出て、番所役人が土中から遺体を掘り返し、医者も立ち会いの上で検視が行なわれた。

　死因は不明ながら、死後一年近くは経過しており、何者かによって埋められていた遺体の右手が突き出ていたのは、土中のみみずを獲《と》ろうとした猪《いのしし》によって掘り返されたためらしい。更に、ほとんど腐食した武士の袴《はかま》など着衣の一部、錆《さ》び付いた大小と先の尖《とが》った鉄針が一緒に土中から発見されたことで、遺体の身許は翌日には判明した。

　小浜藩近習頭《きんじゅがしら》支配・行方政之輔《なめかたせいのすけ》、前年暮れ酒の上の諍《いさか》いが原因で同僚藩士三名を斬殺して脱藩逃亡した当時二十八歳の男で、これまで杳《よう》として行方が判《わか》らなかった。

　近習頭支配というのは藩主の警護を目的に選ばれた者たちで、藩内きっての剣の使い手が揃《そろ》っていた。行方政之輔も直心陰流《じきしんかげ》免許皆伝の手練《てだれ》で、見つかった鉄針は彼が手作りの手裏剣《しゅりけん》として使っていたものだった。

乾いた土中での遺体の完全な白骨化には数年かかる場合もあるが、雨に晒《さら》される山中では数カ月で白骨化がはじまることからも、行方政之輔が逃亡直後に死亡したことは間違いなかった。

当時若狭・近江・大和《やまと》にはくちなわ組を名乗る追い剝《は》ぎが跋扈《ばっこ》しており、おそらく行方政之輔も一味に襲われ、所持金などを奪われた挙句《あげく》土中に埋められたものと推定された。いかに手練とはいえ、集団で不意をつかれれば簡単には撃退できなかったとしても無理はない。

小浜藩では脱藩逃亡中の行方政之輔はすでに死亡していたとして、この一件に幕が下ろされた。

文政《ぶんせい》四年（一八二一）十一月初旬、夜四つ半（午後十一時頃）をすぎた江戸両国《りょうごく》広小路《ひろこうじ》に、突然、けたたましい呼子《よびこ》の音が鳴り響いた。

ピーッ！　ピーッ！　ピーッ!!

昼間から宵《よい》にかけて江戸一番の繁華街として賑《にぎ》わう両国広小路だが、この時間になるとほとんどの店の灯《あか》りが消え、人通りも絶えている。呼子の音はさして珍しくもないのか、様子を見に外へ出てくる者は僅《わず》かしかいない。

広小路の南端にある薬研《やげん》堀と大川《おお》の境に架《か》かる元柳《もとやなぎ》橋の上を、捕り方の一団がどやどやと駆け抜けていった。

橋桁《はしげた》の陰で息をひそめていた房吉《ふさきち》は、捕り方の足音が遠ざかるのを待って、堀端から橋上へ戻ろうとした。

行く手に男の人影が立った。

房吉はびくっと怯《おび》え顔で立ち止まった。

橋桁が月明かりを遮《さえぎ》っていて、顔ははっきり見えなかったが、着流しに半纏《はんてん》姿の町人だった。

「た、頼みます、見逃してください」

房吉は縋《すが》るように哀願した。

「私は何もしてないんです。濡《ぬ》れ衣《ぎぬ》なんです。このまま捕まったら、人殺しの罪を着せられて磔《はりつけ》にされてしまう。嘘《うそ》じゃありません。本当に濡れ衣なんです。頼みます、見逃してください」

相手の男が静かに言った。

「捕まりたくなきゃ、今はここを動かないことだ」

房吉は相手の本意を計りかねて、顔がはっきり見えない男に目を凝らした。

「この橋の先はお武家の屋敷ばかりだから、町方の連中はすぐに戻ってくる。今動けば捕まるのがおちだよ」

その時、男の言ったとおり引き返してくる捕り方の足音が聞こえてきた。

房吉は躊躇《ためら》いながらも、再び橋桁の陰に身を潜《ひそ》めた。

捕り方の一団は橋上を広小路の方へ走り去ったが、見るからに厳《いか》つい町方同心に続いて、どこか人のよさそうな小柄な小者《こもの》が堀端へ降りてきた。

薬研堀の水で小さな竹籠《たけかご》を洗っていた男が振り向いて、同心に頭を下げた。

「ご苦労様で」

同心が男を見据《みす》えて、

「お前、確か」

横から小者が口を挟んだ。

「屋台のすし屋をやってる与兵衛《よへえ》です」

見ると確かに、男の近くに担い屋台がある。

車輪などのついていない肩で担いで運ぶ屋台で、「華屋《はなや》」の屋号入りの小さな提灯《ちょうちん》が下がっている。

「ここで何をしてるんだ」

同心が訊《き》くと、また小者が口を挟んだ。

「蒸《む》し籠《かご》を洗ってるんですよ、笹倉《ささくら》の旦那《だんな》。冬場は押しずしの他に蒸しずしも売ってましてね、その蒸しずしを温める籠なんです」

旦那と呼ばれた南町奉行所定町廻《じょうまちまわ》り同心・笹倉惣十郎《そうじゅうろう》が不機嫌に声を荒らげた。

「寛太《かんた》、お前に訊いてるんじゃねえ」

小者の名は寛太というらしい。どうやら与兵衛とは知己《ちき》のようだ。

「すいません」

寛太は口を噤《つぐ》んで一、二歩後退《あとずさ》った。

笹倉は改めて与兵衛を問い質《ただ》した。

「怪しい男を見かけなかったか」

「怪しい男と言いますと？」

「二十五、六の房吉って名のお店者《たなもの》で、身の丈《たけ》は五尺六寸（約一七〇センチ）近くで痩せぎすの男だ」

「あいにくそんな男は見かけてませんが、一体何をしでかしたんで」

「奉公先の旦那を刺し殺した主殺《しゅうごろ》しってやつだよ」

と、寛太がまた口を挟んだ。

笹倉がじろっと睨《にら》みつけた。

寛太が首をすくめて手で口を押さえた。

「主殺しは天下の大罪だ。とてもそんな大それたことをしでかすようには見えない優《やさ》男《おとこ》らしいが、人間見た目じゃ判らねえ。お前もこんな遅くまで屋台のすし屋をやってるんじゃ物騒だ。ま、せいぜい気をつけるんだな」

と、笹倉は戻っていった。

寛太は与兵衛に近寄って小声で、

「悪く思わねえでくんな。あのとおり見た目も口もぞんざいな旦那で、おいらも苦労してるんだよ」

「寛太、ぐずぐずするんじゃねえ！」

と、笹倉の怒声が飛んできた。

「へーい、ただいま」

寛太は慌《あわ》てて堀端を駆け上がっていった。

二人の姿が広小路の方へ消えるのを待って、与兵衛が橋桁の陰へ声をかけた。

「もう大丈夫だ」

房吉がおずおずと出てきて、

「お陰で助かりました。ありがとうございました。私は旦那様を殺してなんかいません。私がお部屋へ行ったときには、旦那様はもう誰かに――」

「お前さんの話を聞く気はねえんだ」

「でも」

「悪いが、関わり合いにはなりたくないんだよ。あんたが房吉という男だってことも俺は知らねえ」

与兵衛は屋台を肩に担ぎ上げた。

「どうして助けてくれたんですか」

房吉の問いかけに、一瞬、与兵衛の動きが止まった。

「関わり合いになりたくないのに、どうして私を助けてくれたんですか?」

与兵衛は屋台を担いだまま黙って堀端を上がり、広小路方面へ向かったが、途中で立ち止まった。

その顔には逡《しゅん》巡《じゅん》の色が浮かんでいた。

与兵衛は屋台を担いだまま堀端へ戻った。

だが、すでに房吉の姿は消えていた。

与兵衛は周辺に目を凝らした。

月明かりの下、薬研堀はひっそりと静まり返っている。

房吉がどこへ消えたのかは判らないが、呼子の音がしないのは、捕り方には見つからずに済んでいるということだった。

小さな吐息をついて、与兵衛は戻ってきた道をゆっくり歩き出した。


「寛太！　いつまでも寝てないで、さっさと起きて朝ごはん済ましておしまい！」

向こう両国尾上《おのえ》町の裏長屋・八《はち》右衛《え》門店《もんだな》では、寛太を起こす母親およの声が響いていた。

両国橋を東に渡ってすぐ右手の大川と竪《たて》川が交差する角地《かどち》にある尾上町は、水上交通に便利なこともあって、表通りには土蔵造りの大店《おおだな》をはじめ料理茶屋や貸席、居酒屋、蕎麦《そば》屋などが建ち並んでおり、路地奥には間口九尺（約二・七メートル）、奥行き二間《けん》（約三・六メートル）の平屋（玄関と炊事場《すいじば》に四畳半一間）が背中合わせになった棟割《むねわり》長屋、同じ間口で奥行き三間（六畳一間）の平屋の八軒《はちけん》長屋、それに二階建ての長屋が密集している。

おとよの声がしたのは、長屋の木戸に近い二階建て長屋からだ。

「寛太！　聞こえないのかい！　寛太！」

安普請《やすぶしん》の狭い階段を軋《きし》ませながら、おとよが二階へ上がってきた。

十六歳で寛太を産んだおとよは今年四十歳になる大柄な女丈夫《じょじょうふ》で、若い頃は女相撲《ずもう》に出ていたらしいという噂《うわさ》もあるが、真偽のほどは定かではない。

「もう少し寝かせといてくれよ、昨夜は遅くまで捕り物仕事だったんだからさ」

二階といっても四畳半一間と物置用の狭い板の間がついているだけなのだが、そこで寝ていた寛太が継《つ》ぎ接《は》ぎだらけの掛け布団《ぶとん》に潜《もぐ》り込んだ。

「一日や二日寝なくたって死にゃしないわよ！　いいからお起き！」

小柄で痩身《そうしん》の寛太の母親とはとても思えないおとよが、片手でひょいと掛け布団を引っ剝《ぱ》がした。

寛太は今度も継ぎ接ぎだらけの敷布団に潜り込んで、

「頼むよ、もう少しでいいからさ、ね、もう少しだけ」

「甘ったれてるんじゃないの！　ほら、さっさとお起き！」

と、構わずおとよが敷布団も引っ剝がした。

寛太はたまらず下穿《したば》きに晒しの腹巻姿で畳の上に放り出された。

「もお……！」

恨めしそうにおとよを見上げた寛太はぶるぶるっと躰《からだ》を震わせ、

「ハ、ハ、ハックション！　ハックション！　ハックション！」

と、くしゃみを連発し、慌てて古着の単《ひとえ》二枚をおとよが縫《ぬ》い合わせて拵《こしら》えた、枕許の袷《あわせ》を羽織った。

階段の下から十歳になる寛太の妹お咲《さき》がおとよを呼んだ。

「母ちゃん、お客さんだよ」

お咲の下には、更に五歳の留太《とめた》と四歳の〆太《しめた》がおり、寛太を筆頭におとよは合計四人の子供を産んでいる。二階建ての長屋に住んでいるのは家族が多いからでもあった。

こういう場合、寛太と十五歳以上離れた弟妹たちは父親が違うとだいたい相場が決まっているのだが、四人の父親は同一人物で、なぜかここには暮らしていない。

階下の六畳間では、口の周りにめし粒をつけた留太と〆太がお咲の後ろから玄関土間を覗《のぞ》いていた。

「ほらほら、さっさとごはんを済ましておしまい」

おとよは男の子二人を叱《しか》りつけながら階段を下りてきて、

「誰だい、お客さんって」

と、お咲に訊いた。

「知らない女の人」

「女の人？」

玄関の腰高《こしだか》の隙間《すきま》から表に立っている女の姿が見えている。
二十八、九歳以上の女は大年増《おおどしま》といわれるのだが、まだそこまではいっておらず、二十代なかばすぎの中年増で、場末の呑み屋の酌婦《しゃくふ》という感じだ。
「訊きたいことがあるんだって」

「訊きたいって、何を？」

「また父ちゃんのことじゃないの」

お咲の言葉におとよが声をひそめた。

「父ちゃんのこと、何か言ってたのかい」

「そうじゃないけど、父ちゃんの居所が知りたいって、前にも知らない女の人が来たことあったし」

お咲は大人びた口調で言い残し、六畳間へ戻っていった。

幾《いく》つもの手間仕事を掛け持ちして働くおとよに代わって小さい頃から家事をこな

し、弟たちの世話を焼いてきたお咲は、母親に似て大柄なこともあって、実年齢より四、五歳は上に見える女の子だ。

「冗談じゃない。居所なんて知るわけないじゃないの、あんな鉄砲玉」

おとよは憤然《ふんぜん》と表の女の前へ出ていった。

女が頭を下げ、

「すいません、突然お邪魔して——」

と、言いかけるのを無視して、おとよが捲《まく》し立てた。

「どうせ、あることないこと出まかせ並べられて、まんまと騙《だま》されたんだろうけど、あんな男のことはきれいさっぱり忘れておしまい。いいように遊ばれて、結局はあんたが泣きを見ることになるんだから」

「あの……」

「そりゃ一時《いっとき》は辛《つら》いだろうけど、ここできっぱりけじめをつけなきゃ、取り返しのつかないことになるのよ」

「そんなに悪い人なんですか?」

「悪いなんて生《なま》やさしいもんじゃないわよ。女と見れば次から次に粉かけて、飽《あ》きたら片っ端からごみみたいに平気の平左《へいざ》でぽい捨てにする。どうしようもない女たらしのろくでなし男よ」

「そうなんですか。そんなひどい人なんですか、与兵衛さんて」

　おとよは耳を疑った。

「……今、与兵衛さんって、言った？」

「ええ、こちらの長屋に住んでると聞いたんで、どの家なのか、それを教えてもらおうと思って。屋台のすし屋をしてるはずなんですけど」

　おとよはばつが悪そうに愛想《あいそ》笑いで、

「ごめん。人違いだわ」

「人違い……？」

「へへへへ、そう、人違いなの。与兵衛さんはね、そこの棟割の向こうにある平屋の八軒長屋の一番奥よ。今あたしが言ったことは忘れてちょうだい。与兵衛さんは女を騙すようなろくでなしじゃないから、安心して」

　女は会釈《えしやく》して八軒長屋の方へ向かった。

　見送るおとよの背後に、茶碗のめしを掻《か》き込みながら寛太が出てきて、

「父ちゃんのこれじゃなかったの？」

　と、箸《はし》を持つ手の小指を立てた。

「父ちゃんじゃなくて、与兵衛さんみたい」

「与兵衛さんの小指《これ》ってこと？」

「まず間違いないね。どこかの酌婦のようだし、わりない仲になったものの、近頃与兵衛さんがすっかりご無沙汰《ぶさた》なんで、女の方がしびれ切らして、我慢できずに向こうから会いにきたって寸法だね」

「へえー、与兵衛さんにそんな相手がいたとはな」

と、寛太も興味深げに女を見送った。


八軒長屋の一番奥の玄関土間横の炊事場では、与兵衛が押しずしの仕込みをしていた。

竈《かまど》で炊《た》き上げためしを木桶《きおけ》に移して酢《す》を加え、団扇《うちわ》で扇《あお》ぎながらかきまぜて、冷ましたら四寸（約一二センチ）四方の酢めしにして、酢づけにした小鰭《こはだ》や鯖の切り身、帆立《ほたて》など比較的値の張らない魚介類をその上に乗せ、笹にくるんで重石《おもし》をして二、三日置くと、食べごろの押しずしが出来上がる。酢が利《き》いているから日持ちはするが、五日をすぎると味が落ちはじめてしまう。

富裕層が料理屋などに作らせる時間をかけた高価な「生熟《なまな》れずし」よりは遥《はる》かに手

軽に出来て、値段も安い「早ずし」とはいえ、それなりの手間がかかるし魚介類の仕入れ値もあるから一個四十文《もん》以下にはできない。二寸（約六センチ）四方四個に切り分けても、夜鳴きそばが一杯十六文なのを考えると、小さな押しずし一個が十文ではそうそうは売れない。

もっと安価で手早くできる「早ずし」でなければ、いずれこの商売は行き詰まってしまう。与兵衛の頭の中はそのことで一杯なのだが、これはというい い考えは浮かんでこない。

ふーっと吐息をついた与兵衛は背後の気配に振り返った。

いつの間にか玄関土間に酌婦風の女が立っており、

「声をかけたんですけど、返事がなくて……」

と、申し訳なさそうに腰高を閉めた。

「あんたは？」

「たみっていいます。実は、おのぶさんのことで与兵衛さんにお願いがあって来たんです」

「おのぶ……？」

与兵衛の様子におたみがやっぱりという顔で、

「おのぶさんが言ってました。十年近くも経《た》ってるし、与兵衛さんはあたしのことなんか忘れてしまってるかもしれないって。若狭から来た与兵衛という名の屋台のすし屋さんがいると店のお客に聞いたもので、あたしがおのぶさんに話したんです。そうしたら、おのぶさん、あの与兵衛さんに違いないって。ここへ来るまで半信半疑だったけど、やっぱりおのぶさんに聞いてた与兵衛さんだったんですね。おのぶさんはもう一度与兵衛さんに会いたいと言ってるんです。どうしても、死ぬ前にもう一度与兵衛さんに会って謝りたいって」

「重い病気なのかい？」

「もう長くないんです。いろんな病を背負《しょ》い込んですっかり痩せ細っちゃって、六間《ろっけん》堀のお店の近くの掘立小屋で寝たきりなんです。与兵衛さんに会って謝りたいって、それぱっかりうわ言で繰《く》り返してるんです」

「俺に何を謝りたいのかな」

「若狭にいた頃、幼なじみの与兵衛さんと夫婦《めおと》になる約束してたのに、江戸から来た男と駆け落ちしちゃったことをひどく後悔してるみたいで。おのぶさんは自分がこうなったのも、与兵衛さんを裏切った罰が当たったからだって。昨夜から目もよく見えなくなってるみたいだし、いつまでもつか……」

「若狭の幼なじみの……おのぶ……」

「思い出してくれたんですか」

与兵衛は黙って頷《うなず》いた。

「気は進まないでしょうけど、おのぶさんの願いをなんとか叶《かな》えてやってもらえませんか。お願いします」

おたみは与兵衛を縋るように見た。

与兵衛は仕込みに戻りながら、

「六間堀の店の名は？」

「『松月《しょうげつ》』です。会いにきてくれるんですか」

「こいつを片づけたら、行ってみるよ」

「あたし、戻って知らせます。おのぶさん、どんなに喜ぶか。六間堀の『松月』ですからね。待ってますからね」

表で腰高越しに聞き耳を立てていたおとよと寛太母子が慌てて戸口から離れた。

出てきたおたみがあたふたと露地を帰っていった。

「自分を裏切った女に会いに行くなんて、与兵衛さんは本当にいい人だね」

おとよが小声で言い、寛太が小声で答えた。

「まったくだよ。誰かさんに与兵衛さんの爪《つめ》の垢《あか》でも吞ませてやりてえな」

「無駄無駄。あのろくでなしにはつける薬も吞ませる薬もありゃしない。死ぬまで治りゃしないよ、ううん、死んでも治らないね」

「そこまで言っちゃ、父ちゃんが可哀相《かわいそう》じゃねえかな」

「どこが可哀相なもんか」

　腰高の隙間から見える長屋の中では、与兵衛が黙々と仕込みを続けていた。

　尾上町を出て一《ひと》つ目《め》橋を渡ると、大川に流れ込む竪川と小名木《おなぎ》川をつなぐ六間堀に四半刻（三十分）たらずで突き当たる。

　幕府の船蔵や備蓄用の米蔵、御三家紀州《きしゅう》家と御三卿田安《ごさんきょうたやす》家の中屋敷、大小の旗本屋敷に囲まれる形で、狭い町屋が堀を挟んでいて、その一角に『松月』があった。この辺りは元岡場所で、今でも実際は酌婦たちが客に躰を売っているという噂だった。『松月』はまだ開店前で、呼んでも店からは誰も出てこないので、与兵衛は近くにあるという掘立小屋を一人で探した。

「与兵衛さん！　こっち！」

　路地奥の傾きかけた掘立小屋から顔を出して、おたみが手招きしながら、

「急がないと、おのぶさんが！」

と、叫んだ。

与兵衛は掘立小屋へ足を踏み入れた。

壁板の隙間から僅かに日が入るだけの薄暗さの中、おのぶは目を閉じたまま荒い息づかいで煎餅《せんべい》布団に臥《ふ》せっていた。

痩せ細っているだけでなく、与兵衛の幼なじみだとは思えないほど、おのぶは老けて見えた。

「与兵衛さんよ。与兵衛さんが来てくれたのよ。よかったね、あんなに会いたがってた与兵衛さんに会えて、本当によかったね」

おのぶが薄っすらと瞼《まぶた》を開け、かすかに目を動かした。

おたみがそっと与兵衛に囁《ささや》いた。

「目はもう見えなくなってるのに、おのぶさん、きっと与兵衛さんのこと見ようとしてるんですよ」

与兵衛は黙っておのぶの顔を見つめた。

やがて、荒かった息づかいが治まり、次に大きな息をひとつ吐き出すと、それきりおのぶの呼吸が止まった。

「おのぶさん？　どうしたの、おのぶさん……？」

おのぶの絶命を知って、おたみは声をあげて泣き縋った。

与兵衛はただ黙然とその場を動かなかった。

おのぶの遺体は店の手配でその日のうちに無縁墓地に葬られた。

立ち会ったのはおたみと与兵衛の二人だけという寂しい埋葬だった。


与兵衛が尾上町の長屋に戻ったのは七つ半（午後五時頃）すぎで、辺りはすっかり夕闇に包まれていた。十一月に入ると日の入りが一段と早くなり、季節は冬なかばになろうとしているのだと思い知らされる。

長屋の木戸から出てきた寛太が与兵衛に声をかけた。

「お帰り。与兵衛さん、どうだったい」

与兵衛が足を止め、寛太を見た。

「だ、だからさ、どこかへ出かけてたんだろうから、町場の様子はどうだったのかと思って――」

と、寛太は慌てて言いつくろい、話題を変えた。

「そうだ。ほら、この間の夜、奉公先の主人を刺し殺して逃げてた房吉ってお店者、日本橋《にほんばし》の呉服《ごふく》問屋の手代だったんだけど、あいつが土左衛門《どざえもん》で見つかったんだよ」

与兵衛の脳裏《のうり》に、一瞬、あの夜の房吉の顔がよぎった。

「土左衛門で？」

「神田《かんだ》川の上流で身を投げたらしくてね、流れ着いた死体が和泉《いずみ》橋の橋桁にひっかかってたらしいんだ。どの道お縄になれば、主殺しの咎《とが》で磔獄門は間違いなかったわけだし、逃げ切れねえと観念して覚悟を決めたんだろうね。笹倉の旦那の使いが来て、房吉の足取りを洗って裏を取るからすぐ来いって呼びつけられちまってさ。いいようにこき使われる一方なんだから、小者も楽じゃねえよ、まったく」

寛太は愚痴《ぐち》りながら出かけていった。

このまま長屋へ戻る気になれず、与兵衛は竪川べりまで歩いた。

ひんやりした川風が与兵衛を刺した。

〈どうして助けてくれたんですか……〉

房吉の言葉が蘇《よみがえ》ってきた。

〈関わり合いになりたくないのに、どうして私を助けてくれたんですか……〉

その房吉の問いかけに、与兵衛は答えなかった。いや、答えられなかった。

答えたくても、答えられなかったのだ。

あの時、与兵衛が問いかけに答えて、少しでも力になってやっていれば、もしかして房吉がみずから死を選ぶことは避けられたかもしれない。

だが、与兵衛はあの時、自分を守ることを優先したのだ。

おのぶにも当初は会いに行く気はなかった。

会いに行くと決めたのは、おのぶの目が見えなくなってきていると聞いたからだった。

そうすることで、自分を守ろうとしたのだ。

(俺は何という見下げた果てた男だ)

冷たい川風に身を晒して佇《たたず》みながら、与兵衛は心の中で激しく自分を責めていた。

二

「母ちゃん、忘れ物!」

二階建ての長屋からお咲が弁当包みを手にとび出してきた。

木戸を出かかっていたおとよが戻ってきて、

「うっかり忘れるとこだったよ」

「今日は一日普請場の力仕事なんだから、お昼抜きじゃ躰がもたないでしょ」

「そうなのよ」

と、お咲から包みを受け取りながら、

「みんなの朝ごはんよろしくね。兄ちゃんが起きてこないようなら、布団を引っ剝がしなさい」

「大丈夫、それでも起きなかったら、足で蹴《け》っ飛ばす」

「いいけど、少しは手加減しなさい。お前やあたしと違って、兄ちゃんは華奢《きゃしゃ》なんだからね」

と、木戸へ向かいかけ、おとよが足を止めた。

八軒長屋の方から、棒手振《ぼてふ》りの魚屋が出てきたのだ。

「あら、お初《はつ》ちゃん、おはよう」

向こう鉢巻《はちまき》に半纏、その下が単の尻っぱしょりに股引《ももひき》姿の魚屋は、お初という名の若い娘だった。

「お父っつぁん、また調子がよくないの？」

「膝《ひざ》が痛むみたい。本人は二、三日休めばよくなるとは言ってるけど」

「親孝行な娘を持って、平七《へいしち》さんも幸せ者だね」

お初の父親平七は日本橋小網《こあみ》町で小さな魚屋をやっているのだが、調子の悪い時は十八歳の一人娘お初が代わりに棒手振り姿で魚を売り歩いている。

「与兵衛さん、留守みたいなんだけど」

「おかしいわね、うちの寛太じゃあるまいし、まだ寝てるわけはないし」

「魚河岸《うおがし》で鯖のいいのが手に入ったから、与兵衛さんのとこにと思って」

「今日は何日だっけ」

「十一月の十三日」

と、お咲が答えた。

「じゃ、今日は芳次郎《よしじろう》さんの命日だよ。亡くなったのはこの夏の終わりだけど、月は違えど命日ってやつ」

お初がおとよに訊いた。

「じゃ、与兵衛さんは芳次郎さんのお墓参りに?」

「きっとそうだよ、毎月十三日には行ってるみたいだから」

「芳次郎さんのお墓って、確か浅草《あさくさ》の方よね」

「新寺《しんてら》町の専光《せんこう》寺だったと思うよ」

「あたしもお墓参りに行こうかな」

「お初ちゃんも？」

「芳次郎さんはうちのお得意さんだったし、お父っつぁんの代理であたしがお墓参りしてくるわ」

お初は天秤棒を担いだまま木戸から駆け出していった。

「大丈夫なのかな」

と、お咲がお初を見送りながら、

「芳次郎さんの亡くなったおかみさんの妹で、何て名だっけ、ほら、池之端《いけのはた》で小料理屋さんやってる綺麗《きれい》な人」

「お涼《りょう》さんかい」

お咲が小声で続けた。

「その人も、お墓参りに来るんでしょ」

「与兵衛さんの話じゃ、お涼さんも毎月命日には来てるみたいだね」

「そこへお初さんが行くのは問題じゃない」

「どうして？」

「言ってたじゃない、母ちゃん、二人とも与兵衛さんに気があるんじゃないかって」

「そうなんだよね、お涼さんは隠してるけどまず間違いないし、お初ちゃんも」

と、おとよは声をひそめ、

「寛太には大きな声じゃ言えないけど、どうやら、与兵衛さんに気があるみたいなんだよね。そうか、与兵衛さんの前であの二人が鉢合わせしちゃうってのは、ちょっと問題ありだね」

「でしょう」

そこへ、寛太が寝癖のついた髷《まげ》を唾《つば》でなでつけながら出てきて、

「あれ？　お初ちゃんが来てたんじゃないの？」

おとよとお咲が顔を見合わせた。

「声が聞こえたんだけど？」

「空耳じゃないの」

お咲はそう言って家の中へ駆け戻った。

「お初ちゃんじゃなかったの？」

「お前の聞き違いだよ。大変、急がないと遅刻だよ」

おとよもそそくさと出かけていった。

「おかしいな？　お初ちゃんの声がしたと思ったんだけどな」

と、寛太はきょろきょろ辺りを見廻した。

浅草新寺町には大小様々な寺が集まっており、その中のひとつ、浄土《じょうど》宗専光寺の墓地には華麗な美人画で評判をとった浮世絵師喜多川歌麿《きたがわうたまろ》の墓もあった。

墓地の片隅の小さな墓に、芳次郎の義妹・お涼が柄杓《ひしゃく》で手桶の水をかけ、

「ごめんなさいね、たびたび足を運ばせちゃって」

と、背後の与兵衛を振り返った。

「これくらい当たり前です。芳次郎さんにはお世話になりっぱなしだったんですから」

与兵衛は火のついた線香を墓に供えた。

お涼も線香を供え、並んで手を合わせた。

今年二十六歳のお涼は、小料理屋の女将《おかみ》になる前は深川《ふかがわ》の辰巳《たつみ》芸者だったこともあって、なにげない仕草にも艶《あで》やかな色香が漂う。

「あたしなんかより与兵衛さんが来てくれる方が、きっと義兄《にい》さんも嬉《うれ》しいと思うわ。死んだ姉さんの名前からとった『華屋』の屋号も、与兵衛さんがちゃんと継いでくれてるし」

墓石の側面には、『俗名芳次郎』と『俗名花《はな》』の二つの名が刻まれている。

「屋台ずしに合うように、『火事と喧嘩《けんか》は江戸の華』の華の字にしたんだと聞きました」

「もともとは姉さんが言い出したらしいの、切花を売ってるみたいに思われるから別の字を使った方がいいんじゃないかって。それで、義兄さんがいろいろ知恵をしぼって、今の屋号にしたみたい」

「そうなんですか」

夫婦で仲よく屋台ずしをやっていたのだが、三年前、芳次郎の女房お花は風邪をこじらせ、四、五日寝込んだだけで呆気《あっけ》なくこの世を去った。

お花の死後も『華屋』を続けてはいたものの、芳次郎が屋台を担いで商売に出る日は減って家に引きこもることが多くなり、さして強くもない酒をあおって酔いつぶれるという日が、去年夏頃まで、二年近く続いた。

「そんな時だったの、与兵衛さんの手紙が義兄さんのところに届いたのは」

若狭で鯖を使った「生熟れずし」を作るすし職人だった与兵衛は、江戸には「早ずし」を出す屋台ずしがあると聞いて興味を持った。若狭には屋台のすし屋がなかったし、前から与兵衛は庶民がもっと気楽に口にできるすしを作りたいと思っていた。

江戸にいたことのある客から『華屋』という屋台ずしをやっている芳次郎の話を聞

き、独り身の気楽さもあって、どうしても芳次郎の下で「早ずし」作りの修業をしたいという思いを抑えきれなくなった与兵衛は、去年の夏、辛《かろ》うじて読み書きのできる平仮名で、思い切って手紙を書いて飛脚に託した。

しかし、秋になっても芳次郎からの返事は来ず、なかば諦《あきら》めていた与兵衛のもとに暮れ近くなって、芳次郎からの返事が届いた。

その手紙には、与兵衛が本気で修業をする気なら喜んで受け入れると、几帳面《きちようめん》な楷書《かいしよ》の平仮名で書いてあった。芳次郎は漢字も書けるのだが、与兵衛が平仮名しか読み書きできないことを手紙を見て察したからだった。

与兵衛は身の廻りを整理して、暮れのうちに若狭を離れた。

小雪の舞う鯖街道から琵琶湖《びわこ》の西岸を通って大津《おおつ》へ出た与兵衛は、そこから東海道《とうかいどう》を百二十里（約四八〇キロ）余り旅を続けて、正月十日の夕方近く江戸日本橋に着いた。

芳次郎の住まいは、現在与兵衛が暮らしている尾上町の八軒長屋の一番奥だった。

「遠いところをご苦労さんだったな」

笑顔で与兵衛を招き入れた芳次郎は、

「修業は明日からだ。土鍋に煮込みうどんを拵えてあるから、そいつで腹拵えして今夜はゆっくり長旅の疲れを取ってくれ」

と、『華屋』の屋号入りの屋台を担いで、何か言いたげに与兵衛を振り返った。

与兵衛は怪訝に見返した。

「いや、何でもねえ。俺の帰りを待つ必要はねえから先に寝てな」

そう言い残して、芳次郎はまだ冷え込みのきつい夜の町へ出かけていった。

「義兄さんが言ってたわ」

と、お涼が墓を見つめながら、

「自分が立ち直れたのは与兵衛さんのお陰だって。与兵衛さんが自分を生まれ変わらせてくれたって」

「生まれ変われたのは俺の方です」

与兵衛が言った。

「あのまま若狭にいたら、俺はきっと駄目になっていました。すし職人として鍛《きた》え直してくれた芳次郎さんのお陰で、俺は生まれ変われたんです」

「与兵衛さんの手紙を読んだから、義兄さんは人が変わったみたいにまた屋台ずしに打ち込むようになったんだもの」

お涼が続けた。

「やっぱり、与兵衛さんが義兄さんを立ち直らせてくれたのよ」

芳次郎はきっぱり酒も絶って、なまったすし職人の腕を元に戻すために日夜懸命に努力した。

そして、失いかけていた自信がようやく蘇ってきた師走《しわす》になって、与兵衛を迎え入れるという返事の手紙を書いたのだ。

江戸へ着いた翌朝から与兵衛の修業がはじまった。

だが、はじまってまもなく芳次郎は硬い表情で与兵衛を見据え、

「修業はおしまいだ」

と、ぼそっと言って炊事場から六畳の部屋へ上がっていった。

「あの……」

声をかけようとした与兵衛の足下《あしもと》に、振り分け荷物と手甲脚絆《てっこうきゃはん》が飛んできて、

「若狭に帰《けえ》んな」

と、六畳の部屋から芳次郎の声がした。

与兵衛は表へ出たものの、芳次郎の家の前から離れなかった。

長屋の住人たちの好奇の目に晒され、日暮れ前から冷たい雨が降りはじめても、与兵衛はその場に立ち続けた。

夜になって雨が雪に変わり、全身びしょ濡れの与兵衛はがたがた震えながら、それでも芳次郎の家の前から離れようとはしなかった。

四つ半（午後十一時頃）をすぎ、長屋はどこも寝静まっていた。

与兵衛は何度かふらつき、気が遠くなって今にも倒れ込みそうになりながら必死で立ち続けていた。

いきなり目の前の腰高が引き開けられ、芳次郎が顔を出した。

「若狭に帰る気はないのか」

「俺は……芳次郎さんの下で……一人前のすし職人になるために江戸へ……今更若狭へ帰るつもりは……」

寒さで歯の根が合わない状態で、与兵衛は途切れ途切れに言った。

「中へ入《へえ》んな」

促《うなが》されて与兵衛は改めて家の中へ入った。

芳次郎は魚の粗《あら》が入った味噌《みそ》汁を椀に盛りながら、

「お前、本気で一人前のすし職人になるつもりなんだな」

与兵衛は芳次郎を見つめてきっぱりと頷いた。

芳次郎はその与兵衛をみつめ返し、

「判った。さあ、冷めねえうちに食いな。躰の芯《しん》から温まる」
と、味噌汁を盛った椀を手渡した。
与兵衛は震えながら魚の粗入り味噌汁に口をつけた。
翌早朝から与兵衛の修業が再開された。
穏《おだ》やかな外見と違って芳次郎の指導は厳しかった。連日辛辣《しんらつ》な叱責《しっせき》や罵声《ばせい》が容赦《ようしゃ》な
く浴びせられ、言われたとおりにできるまで何度もやり直しをさせられた。
「馬鹿野郎！　こんな酢めしをお客に出せると思ってるのか！　すし職人は道楽じゃ
務まらねえんだよ！」
寝起きを共にして必死で厳しい修業に耐え続け、五月の終わりには、芳次郎に認め
てもらえる酢めしや魚介類の酢漬けで押しずしを拵えることができるまでになった。
まるでそれを待っていたかのように、六月に入るとすぐ芳次郎は病の床についた。
女房お花が死んだあとの不摂生な暮らしと過度の飲酒のため、躰がすっかりぼろぼ
ろになっていて手の施《ほどこ》しようがない、というのが医者の診立《みた》てだった。
息を引き取る間際、芳次郎が喘《あえ》ぎながら与兵衛に囁いた。
「今のお前は……華屋与兵衛だ……若狭のことは……綺麗さっぱり忘れちまいな……
お前は、華屋与兵衛なんだ……」

芳次郎は当初から与兵衛が別人だと気づいていたのだ。若狭から手紙を寄越した与兵衛とは別人だと判っていながら、そのことには一切《いっさい》触れずに、しかも躰の不調を隠し、寝る間も惜《お》しんで、すし職人として素人《しろうと》同然だった与兵衛を鍛えてくれたのだ。

与兵衛には、何があろうと一生封印すると心に決めて、若狭から抱えてきた秘密がある。いつか芳次郎にだけは打ち明けなければと思っていたし、事実何度か口まで出かかった。

しかし、そのたびに芳次郎が遮った。

「若狭で何があったのか、そんなことは知りたくもねえ。お前が一人前のすし職人になってくれさえすりゃそれでいいんだ。俺はただその手助けをしてえだけだ」

芳次郎が躰の不調を隠していることに、与兵衛もうすうす気がついていた。芳次郎は自分の命が長くないことを悟っていたから、与兵衛を一日も早くまっとうなすし職人にしてやろうと、病んだ躰に鞭《むち》打ったに違いないのだ。

「いつだったか、あたし、義兄さんに訊いたことがあるの。どうして、そんなに与兵衛さんに一生懸命なのって」

お涼が言った。

「人柄がいいし根性もある、なによりもあいつがいい舌を持ってるからだって、義兄さんが答えたわ。味を見分ける舌は修業だけじゃ身につかないが、あいつは生まれながらに一級の舌を持ってるって。義兄さん、きっとその時から与兵衛さんに『華屋』を継いでほしいと思ってたのね」

芳次郎が逝《い》ってからの半年、秘密を打ち明けずじまいだったうしろめたさが与兵衛の中から消えたことはない。

〈今のお前は……華屋与兵衛だ……若狭のことは……綺麗さっぱり忘れちまいな……お前は、華屋与兵衛なんだ……〉

あれは、与兵衛への思いやりに満ちた芳次郎の遺言だったのだ。華屋与兵衛として生きることが芳次郎へのせめてもの恩返しなのだと、与兵衛は自分に言い聞かせている。

「与兵衛さん！」

若い女の声に与兵衛は我に返った。

「よかった、間に合って。すれ違いになったらどうしようかと思って、心配——」

と、棒手振り姿のお初が息を切らして駆け寄ってきた。そこでお初はお涼に気づき、一瞬戸惑《とまど》ったようだが、慌てて頭を下げた。

「どうも」

「お初さんだったわね、あなたもお墓参りに来てくれたの」

「は、はい」

「それはご苦労様。義兄さんが生きてる頃は見かけなかった気がするけど」

「芳次郎さんに魚を届けてたのはお父っつぁんで、あたしは与兵衛さんの代になってからなんです」

「そうなの。忙しいでしょうに、無理しなくてよかったのに」

「与兵衛さんにも用があったもので」

と、お初は桶の中から鯖を掴《つか》み上げた。

「なかなかいい鯖だ」

鯖を受け取って与兵衛が言った。

「よかった。ちょっと小ぶりだけど、きっと与兵衛さんが気に入ると思って」

「押しずしには大きすぎるより、これくらいの鯖がちょうどいいんだ。鮮度のいいうちに捌《さば》いて切り身にしなきゃいけないな」

鯖を桶に戻して与兵衛がお涼に、

「申し訳ねえですが、先に帰らせてもらっていいですか」

「ええ、構わなくてよ」

「すいません。お初ちゃん、こいつを借りるよ」

と、天秤棒を担いで与兵衛が墓地の出口へ向かった。

「あたしもすぐ行きます」

与兵衛に声をかけ、お初が急いで墓に手を合わせた。

その耳元でお涼が小声で囁いた。

「お墓参りはついでだったってことね」

「そ、そういうわけじゃ……」

図星をつかれてお初は狼狽《ろうばい》した。

「いいのいいの。気にしないでお行きなさい。ほら、早く追いかけないと、与兵衛さんを見失っちゃうわよ」

「は、はい」

お涼に一礼して、お初は与兵衛のあとを追って駆け出した。

「馬鹿ね、あたしったら、若い子相手にむきになっちゃって」

と、お涼は気恥ずかしげにつぶやいた。

その目は、天秤棒を担いでお初の先を行く与兵衛の後ろ姿をじっと見送っていた。

捌いた鯖の切り身に塩を少々まぶして酢にくぐらせ、酢めしに乗せて上に重石を置いて二、三日待てば、押しずしが出来上がる。酢は腐敗を抑えるだけでなく、切り身とめし粒にかすかな甘味を生み出してくれる。

売れ行きが芳《かんば》しいとはいえないので、芳次郎が生きていた頃と違って毎日は商売に出ない。売れ残りの始末に困ることにならないように、二日か三日に一度の割で屋台を担いでいる。

若狭を出る時に持ってきた金の残りを大事に使って暮らしの足しにして、商売に出ない日は、新しい早ずし作りにあれこれ頭を悩ませながら取り組んでいる。

「もっと安くて手っ取り早く出来る早ずしでなきゃ、お客は増やせねえ。いや、それどころかこのままじゃ、間違いなくじり貧だ」

それが芳次郎の口癖だった。

押しずし以外の早ずしを考え出さなければならないと判っていて、それがなかなか思いつかないのが、与兵衛は自分でも焦《じ》れったい。

この冬場に押しずしを温めた蒸しずしを出すようにしたのは、若狭地方には生熟れを蒸した温《ぬく》ずしがあるはずだと、芳次郎が蒸しずしの作り方を考えて教えてくれたからなのだが、炭代や蒸す手間分を値段に上乗せするわけにもいかず、赤字覚悟の商売になっている。

芳次郎が言っていたとおり、このままではいずれ間違いなく屋台ずしは行き詰まってしまうだろう。

与兵衛は仕込みを終えると、三日前に拵えてあった押しずしを出して出来具合を確かめ、屋台ずしの準備をはじめた。

まず表へ出て空を見上げる。

冬場は急に雨が降り出す心配はほとんどないから、空模様だけでなく寒暖を見極めることが大事になる。十一月もなかば近くなると、冷え込みが厳しくなる日が多く、八割がた蒸しずしの方が売れるのだ。

（どうやら今日も蒸しずしの用意がいるようだ）

与兵衛は表の担い屋台に押しずしの他に、小さめの火鉢と炭、鍋、蒸し籠を運びはじめた。

そこへ寛太が上機嫌でやって来て、家の中を覗き込んだ。

「あれ？　棟割長屋のかみさん連中が、与兵衛さんのとこにお初ちゃんが来てるって言ってたんだけどな」

「もう帰ったよ」

「いつ？」

「一刻（二時間）近く前になるかな」

「何だ、そんな前に帰っちまったのか」

寛太が大きなため息をついた。

棟割長屋と八軒長屋の間の露地を来た若い娘が寛太の姿に、びくっと立ちすくんだ。

与兵衛が気づいて若い娘を見た。

若い娘は慌てて身を翻《ひるがえ》した。

訝《いぶか》しげに見送る与兵衛の視線を辿《たど》って、寛太が眉根《まゆね》をよせた。

「あれ？　あの娘《こ》？」

「寛ちゃんの知り合いかい」

「どっかで見た顔なんだけど……」

と、露地を小走りに去っていく若い娘を見送るが、

「駄目だ、思い出せねえや。八丁堀《はっちょうぼり》の旦那の小者をやってるといろんな連中に会うからさ、いちいち憶《おぼ》えちゃいられねえんだよな」

寛太は言い訳がましく笑った。

冬場は七つ（午後四時頃）をすぎると薄暗くなってくる。

屋台を担いで両国橋を渡り、与兵衛はまだ賑わっている広小路を右に進んで、神田川沿いに続く柳原堤《やなぎわらづつみ》へ向かっていた。

すっかり日が落ちると夜鷹《よたか》が出没するが、それまでは仕事帰りの職人などが行き来するので、屋台を出すにはもってこいの場所なのだ。ただ、夜鳴きそばやおでんなどの屋台が縄張りを主張して場所を確保しているから、与兵衛はなかなかいい場所に屋台を出せない。柳原堤に屋台を出すのは月に三日くらいなのだが、それでも他のところに出すよりは売り上げが見込めた。

両国広小路と柳原堤の間には、江戸城の外濠《そとぼり》でもある神田川沿いに設置された外郭《がいかく》門のひとつ浅草御門がある。

その前を通り過ぎた与兵衛は柳原堤の手前で右に折れ、川岸近くへ行って開店の準備をはじめた。

与兵衛の視界に、きょろきょろ人捜し顔でやって来た若い娘の姿が入ってきた。

「ここだぜ」

与兵衛が声をかけた。

た。

尾上町の長屋を出た時から、若い娘があとをつけていることに与兵衛は気づいていた。

若い娘は驚いて川岸近くの与兵衛を見た。

若い娘は急に消えた与兵衛を捜していたのだ。

「俺に何の用かな」

若い娘は与兵衛に駆け寄ってきて、

「すいません。あたし、『大津《おおつ》屋』でお針子をしてるかよと言います。房吉さんから華屋与兵衛という屋台のすし屋さんのことを聞いて会いに来たんです」

「房吉……？」

すぐにはぴんとこなかった与兵衛だが、

「今月はじめ、神田川に身投げした……？」

かよと名乗った若い娘が頷いた。

「何のために俺に会いに来たんだい」

「元柳橋の下で房吉さんを助けてくれたお礼と、それから、房吉さんは決して人殺しなんかじゃないと伝えたくて」

「おかよさんだったな。あの一件は片がついてるんだ。今更そんなことを聞かされても仕方がない」

「いいえ、片なんかついていません。房吉さんの死体が上がった日の朝早く、お店の近くで房吉さんがあたしに言ったんです。もう逃げ廻るのはやめて、町方に名乗り出て、お店の旦那様を殺した本当の下手人が誰なのか調べ直してもらうって。その房吉さんが身投げだなんて、変だと思いませんか」

「身投げじゃないと言うのか？」

「絶対に身投げじゃありません。房吉さんは本当の下手人に殺されたのかもしれないんです。それなのに、房吉さんは主殺しの挙句《あげく》、身を投げたと決めつけるなんて、町方は信用できません。さっきも、尾上町の長屋で町方の人を見かけて、何か訊かれたら嫌だと思って」

「姿を消したわけか」

「あの人、房吉さんの遺体を確かめに呼ばれた時、八丁堀の旦那の下で働いていた人なんです」

だから、寛太もおかよをどこかで見た顔だと思ったのだ。

与兵衛はおかよと房吉がどういう間柄なのか気になったが、あえて訊こうとはしなかった。

だが、おかよの方が自分から言い出した。

「あたしたち、来春には所帯を持つ約束だったんです」

「あの房吉と?」

「房吉さんもあたしも子供の頃に親と死に別れて、ずっと一人ぼっちだったんです。所帯を持ったら、子供をたくさん産んで、家族みんなで仲よく暮らそうって。房吉さんはあたしとのことを旦那様に打ち明けて、許しを貰《もら》うつもりだったんです。だから旦那様のところへ行ったんです。でも、その時にはもう、旦那様は血塗《ちまみ》れで倒れていたんです」

「それを町方に言ったのか?」

「言いましたけど、聞き入れてはくれませんでした。下手人は房吉に間違いない。追い詰められて命を絶ったのが何よりの証拠だって」

おかよは溢《あふ》れ出す涙を拭《ぬぐ》って続けた。

「このままじゃ房吉さんが可哀相すぎます。なんとかして、房吉さんの無実を晴らしたいんです。それがあたしの務めだと思ってます。できれば、与兵衛さんにも力を貸してほしいんです。房吉さんから話を聞いて思ったんです。房吉さんを助けてくれた人ならきっと力になってくれるに違いないって」

できることなら房吉を拒絶した償《つぐな》いはしなければならないと、与兵衛も思ってはいた。

だが、与兵衛が返事をする前に、その逡巡を読み取ったのだろう、おかよは言った。

「無理ならいいんです。他にも力になってくれそうな人がいないわけじゃないし……」

「他にも？」

「まだその人に話をしたわけじゃないけど、信用できる人なんです。突然やって来て、勝手なことばかり言ってすみませんでした。房吉さんを助けてくれてありがとうございました。気にしないでください。あたし、房吉さんの代わりにお礼が言えただけでいいんです」

それだけ言うと、おかよは堤下の道へ小走りに身を翻した。

「ちょっと待ちな」

与兵衛はおかよを追おうとした。

その時、行く手に男が五人、立ち塞《ふさ》がった。柳原堤に屋台を出しているそば屋やおでん屋だった。

「今日からここで屋台を出すのはやめてもらうぜ」

「ダチがここで天麩羅《てんぷら》の屋台を出すことになったんだよ」

「すいません、そういう話なら戻ってからにしてください」

与兵衛が堤下の道へ向かおうとした。

三人が与兵衛の行く手を塞いだ。

「急ぎの用があるので」

与兵衛がなおも行こうとすると、いきなり他の二人が与兵衛の屋台を力まかせにひっくり返した。

音をたてて横倒しになった屋台から、押しずしの包みや蒸し籠、鍋、火鉢、炭が辺りに飛び散った。

男たちは薄笑いで与兵衛を取り囲み、

「ここへはもう戻ってこなくていいってことだよ」

「文句があるならいつでも相手になるぜ」

と、一人が与兵衛の胸倉《むなぐら》を摑みあげた。

与兵衛は抵抗しなかった。

「ふん、意気地《いくじ》のねえ野郎だぜ」

「邪魔だからさっさと片付けて失《う》せな」

勝ち誇った男たちに取り囲まれて、与兵衛は散乱した物を拾い集めながら目でおかよを捜した。

薄暗くなりはじめた柳原堤下の道には、すでにおかよの姿は見えなくなっていた。

下谷《したや》不忍池《しのばずのいけ》のほとり、池之端仲町《なかちょう》には、料理茶屋や小料理屋、縄のれんの居酒屋などが並んでいる。

その中に、お涼の小料理屋『ゆめや』がある。

五つ半（午後九時頃）近いのに、店内はまだ客で賑わっている。

通いの板前と小女一人だけのこぢんまりした小料理屋なのだが、元辰巳芸者だった女将のお涼目当ての客が多い。

「お気をつけて」

と、二人連れの客を送り出したお涼が店の中へ戻りかけて、一方を見た。

屋台を担いだ与兵衛が店先へやって来た。

「あら、与兵衛さん、珍しいわね」

「近くに屋台を出してたんです」

「だったら声をかけてくれればいいのに」

与兵衛が屋台を肩から下ろして、

「売れ残りで申し訳ないんですが、板さんたちと食べてください」

と、押しずしの包みを差し出した。

お涼が受け取りながら、

「お客さんに出すわよ、ちゃんとお代を頂戴《ちょうだい》して。いいでしょ？」

「いえ、売れ残りですから、お代は頂けません」

「そんなとこまで義兄さんを見習わなくていいのに、商売っ気がないんだから。今夜は冷えてるみたいだから、中で熱いお茶を呑んでいって」

「すいません」

お涼に続いて与兵衛が店の中へ入った。

与兵衛に茶を出すように小女に言って、お涼は押しずしの包みを手に奥の小座敷の障子戸《しょうじど》を開けた。

「失礼します」

そこでは若い勤番侍三人が歓談しながら呑んでいた。

お涼は三人の前に包みを広げながら、

「押しずしなんですけど、よろしかったら召し上がってくださいな」

「美味《うま》そうだな」

「ここはすしも出すのか」

「いいえ、屋台ずしです。拵えたのはあそこにいる華屋与兵衛さんなんです」

お涼が片隅で茶を呑んでいる与兵衛を見ながら言った。

三人の中で一番年少の若侍がその与兵衛を驚いたように見た。

茶を呑み終えた与兵衛が、

「ご馳走《ちそう》さん。お涼さんによろしく」

と、小女に言って樽椅子《たるいす》から立ち上がった。

お涼が気づいて小座敷から出て声をかけようとしたが、そのまま与兵衛は店を出ていった。

がっかり顔のお涼の横に来て、若侍が言った。

「世の中にはよく似た人間がいるものだな」

「どういうことです？」

「今のすし屋、子供の頃に会ったある人に瓜二《うりふた》つなんだ」

「そういえばお客さん、確か若狭とか仰《おつしや》ってましたね」

「若狭小浜藩家中の河合慎三郎《かわいしんざぶろう》だ」

「与兵衛さんも若狭なんですよ。向こうで会ったことがあるんじゃありませんか」

「いや、似てはいるが別人だ」

「どうして判るんです？」

「その人は武士だし、それに、もうこの世に生きてはいない」

「そうなんですか。それじゃ違いますね」

「ああ、別人だ」

と、慎三郎は戻っていった。


下谷広小路から町屋の路地を通って、与兵衛は佐久間町《さくま》へ出て神田川沿いに左へ折れた。

本当は斜めに進んで柳橋へ出るのが近道なのだが、八割近くが武家地の下谷では、庶民の多くは遠回りになっても町人地だけを通る。できる限り武士とのもめごとは避けたいという庶民の知恵なのだ。

与兵衛は和泉橋の近くにさしかかった。

橋の袂《たもと》に人だかりが出来ていて、野次馬の会話が聞こえた。

「この寒空に身投げとはな」

「若い女だそうだぜ」

「男にでも振られて世を儚《はかな》んだってとこなんじゃねえか」

与兵衛は人だかりの背後から覗いてみた。

ちょうど町方の手で身投げした女が引き上げられていた。

覚悟の自殺を物語るように、ずぶ濡れの死体の両膝は紐《ひも》で縛られている。

月明かりに照らし出された死体の顔に、与兵衛は思わず我が目を疑った。

死体はおかよだった。

与兵衛は愕然《がくぜん》と息を呑んで立ち尽くした。

三

笹倉と寛太が守山町《もりやま》を巡回していた。

この辺りは数寄屋橋《すきやばし》御門内の南町奉行所に近いこともあって、ささいな喧嘩沙汰ぐらいしか起きないので、あまり巡回の必要がない。笹倉がこの界隈《かいわい》へ来るのは別の目的があるからだった。

「そろそろ昼にするか」

笹倉は小判と豆板銀で膨《ふく》らんだ紙入れからこつぶを出して、

「無駄遣いするんじゃねえぞ」

と、寛太に渡して路地を折れていった。

「いつもどうも」

笹倉を見送りながら、寛太は小声でつぶやいた。

「無駄遣いしてるのはそっちじゃねえか」

笹倉の昼めしは五日に一度、この先にある自分の名と同じ惣十郎《そうじゅうろう》町のももんじ屋と決まっている。ももんじ屋というのは表向き禁止されている猪や鹿《しか》などの獣肉を食わせる店で、値段も寛太の行く一膳めし屋より遥《はる》かに高い。

定町廻り同心の役得でただ食いしようと思えばできるのだが、笹倉は必ず代金を払っている。年三十俵二人扶持《ぶち》（約年十両）の俸禄《ほうろく》の他に何倍もの袖《そで》の下が入ってくるから、痛くも痒《かゆ》くもない。

寛太も一度そこで獣肉を食わされたのだが、腹をこわして十日近く寝込んでしまって、以後は誘われなくなった。獣肉好きで厳つい躰の笹倉と違って、寛太は臭いを嗅《か》いだだけで気持ちが悪くなる。

笹倉から貰ったこつぶはいつもと同じく銭にして二百五十文の一朱銀だが、それをすべて今日の昼めし代にはできない。

笹倉が五日に一度くれる一朱銀と機嫌のいい時にくれる小遣いを合わせると、多くて月三千文、少ない時は二千文足らずで、ちょっとした職人の日当四百文と比べても寛太の収入はかなり低い。

寛太はもともと目明かし鳥越《とりごえ》の弥平次《やへいじ》の子分で、いわゆる下っ引きだった。それも見習いみたいなものだったから、ほとんど収入はなく、

「そんなとこさっさと辞《や》めて、少しは稼ぎになる仕事についとくれ」

と、〆太を身ごもっていたおとよに言われ、

「笹倉の旦那の下でご奉公する方が間違いなく金になる。任せておけ。俺が旦那にお願いしてやる」

親分の弥平次の口利《き》きで、笹倉の小者になった。

笹倉には他にも四、五人小者がいるが、寛太以外は入れ墨者や元盗人《ぬすっと》などで、町廻りの供に向いているとは言えない。

寛太を見た笹倉が言った。

「明日から俺のところへ来い」

小柄で人懐《なつ》っこそうな寛太が一発で採用されたのは、厳つくて強面《こわもて》の笹倉とは真反対で、連れ歩くにはもってこいだと思われたからだ。

三十間堀八丁目の一膳めし屋で、寛太が丼《どんぶり》めしを頰張《ほおば》っていた。

丼めしの他に焼いた鯵《あじ》の干物と味噌汁、たくあん三切れ、〆《しめ》て二十五文の昼めしで、残りの二百文あまりは妹のお咲に渡すつもりだ。

おとよが働きに出ているので、炊事・洗濯・掃除などの家事だけでなく家計もお咲に任されている。十歳とは思えないしっかり者で、寛太はときどき十五歳下のお咲の方が姉のように思うことがある。

対岸の木挽《こびき》町四、五丁目は芝居小屋と芝居茶屋が建ち並び日暮れまで賑わっているが、この辺りはそれほどでもないからゆっくり昼めしを味わえる。

笹倉は獣肉と徳利《とつくり》酒をたらふく腹に入れて、ももんじ屋で一刻あまり昼寝をするのが定番だから、八つ（午後二時頃）すぎまで戻らない。

めしを済ませたら寛太は芝居小屋でも覗くつもりだった。

「いらっしゃい」

一膳めし屋の亭主の声に迎えられて入ってきた客は、着流し姿の与兵衛だった。

与兵衛はまっすぐ寛太の横に歩み寄った。

「やっぱりここだったね」

「与兵衛さん？」

寛太は驚いて与兵衛を見た。

「お咲ちゃんから聞いたんだ、今日の昼めしはここだろうって」

笹倉がもんじ屋へ行く日は、寛太がこの一膳めし屋で昼めしなのをお咲は知っている。寛太が家に金を入れる日だからはっきり憶えているのだ。何度か誤魔化してへそくろうとしたことがあるが、どういうわけかお咲にはすぐ見透《みす》かされた。

「寛太兄ちゃん」

と、お咲に睨まれると、寛太は慌てて昼めし代の残りを出してしまう。うしろめたさが顔に出てしまうからだと寛太は思ったが、笹倉が五日に一度ももんじ屋へ行くことをお咲が店に行って確かめたと知って、わが妹のしっかりぶりと逞《たくま》しさに感心するしかなかった。

だが、いざという時のために、細心の注意を払ってこつこつ貯《た》めたへそくりを入れた小袋を帯の間に隠してある。幸いお咲には気づかれていない。

「悪いが昼めしは済ませてきたんだ。茶を一杯もらうよ」

板場の亭主にそう言って、与兵衛は寛太の横に腰掛けた。

「おいらに何か用かい」

「大したことじゃないんだけど、ほら、月初めに主殺しで逃げてたお店者がいたろう、日本橋の呉服問屋の手代だったっていう」

「『大津屋』の房吉かい」

「昨夜和泉橋の下に身を投げたおかよとかいう娘が、『大津屋』のお針子で、あの房吉と夫婦になるはずだったって噂を耳にしたもんでね」

「そうらしいんだよ。だから、房吉の死体が見つかった和泉橋の下に身を投げて、あとを追ったんだろうな。けど、どうしてまたそんなことを訊きに、わざわざここまで？」

「今日は屋台が休みだから、寛ちゃんからその話を聞かせてもらおうと思ったんだ。お客から話が出た時のためにね」

「そういうことか」

亭主が茶を運んできた。

「すまねえ」

と、与兵衛は受け取って一口呑んでから、

「房吉は『大津屋』の旦那を手にかけたみたいだね」

「ああ、主人の清左衛門《せいざえもん》を匕首《あいくち》で刺し殺したんだよ、『大津屋』の寮の離れで」

「寮の離れで？」

「金を奪うつもりだったらしいんだけど、『大津屋』の内儀《かみ》さんに見つかっちまって、房吉は何も取らずじまいで逃げ出したんだ」

「『大津屋』の内儀さんが殺しの現場を見たわけか」

「風呂から上がってきた内儀さんが血塗れで死んでる旦那と、その近くで手文庫を開けようとしてた房吉を見てるんだ」

「『大津屋』の寮はどこにあるんだ」

「愛宕下《あたご》にいろんな大名屋敷が並んでる大名小路ってとこがあるんだ、与兵衛さんは知らねえだろうけど」

「ああ、初めて聞いたよ」

　与兵衛の顔に、一瞬、言葉とは裏腹に戸惑いの色が浮かんでいた。

　寛太はそれには気づかずに続けた。

「寮の場所はその近くなんだ。行ってみたけりゃ、おいらが案内するよ。殺しの現場を見とけば話のネタにも困らねえだろうしさ」

「いや、寛ちゃんにそんなことまでさせるわけには」

「俺は構わねえよ。どうせ八つすぎまで暇《ひま》なんだから。それに、大名小路はこの先の新橋《しん》を渡ればすぐだし」

寛太は急いで昼めしを済ませると、一朱銀で代金を払って釣銭《つりせん》を巾着《きんちゃく》に入れ、それを懐《ふところ》に押し込みながら、

「じゃ、行こうか」

と、一膳めし屋を出て、新橋へ向かった。

新橋は一時期芝口《しばぐち》橋と呼ばれ外郭門が設置されていたのだが、それが焼失して元の橋名に戻った。

橋を渡って少し行くと、右側が大名小路で、増上《ぞうじょう》寺の敷地近くまで大小様々な大名屋敷が建ち並んでいる。

大津屋の寮は大名小路手前の町人地の奥にあった。

大名屋敷とは比べ物にならないが、二百坪ほどの敷地の正面に格子戸《こうしど》の木戸があって周囲が垣根で囲まれた平屋建てで、大店の寮らしく豪勢な造りだった。

「あの日の夕方、清左衛門は、この寮の離れの十畳間で殺されたんだ」

「『大津屋』の内儀さんの他に房吉を見た者はいなかったのかな」

「ここの留守番と賄《まかない》を任されてる夫婦者がいるんだけど、ちょうど夕食の支度《したく》にと

りかってて、房吉を見てねえんだ」

「その夫婦者はまだここに？」

「いや、暇を出されたみたいだ。ここも売りに出てるんだけど、なかなか買い手がつかねえらしいや。そりゃそうだよ、主殺しなんて縁起が悪すぎて、おいらだって二の足踏むよ。もっとも、逆立ちしたってそんな金はどこからも出てきやしねえから、心配はねえけどさ」

木戸の格子戸越しに、寮の玄関戸が中から開くのが見えた。

「まずい。『大津屋』の内儀さんだ」

寛太が与兵衛の袖を引っ張って垣根の横手へ身を隠した。

木戸から出てきた若い女を見て、与兵衛は少し驚いた。

その顔は少女の面影《おもかげ》が残っていたからだ。

「清左衛門より三十歳下の後妻で、名はお園《その》、今年十七歳なんだ。もっとびっくりするのは、半年前後妻に入ったお園がもう四ヵ月の身重だってことなんだよ」

お園の下腹部は心なしか少し膨らんでいた。

「清左衛門には死んだ前妻との間に子供がいないから、腹の中の子が『大津屋』の跡取りってわけさ。女の子なら婿《むこ》養子をとるんだろうけどね。生まれた赤ん坊が大きくなるまでは、あの内儀さんが店を切り盛りしていくって話だ」

「あの若さで店の切り盛りを？」

「もちろん一人じゃ無理だから、『大津屋』の親類や古手の番頭があの内儀さんの支えになるって話さ」

木戸から風呂敷包みを抱えたお店者が出てきて、お園のあとに続いた。

「誰だい？」

「仙次郎《せんじろう》って手代だよ。確か房吉と同じ頃から『大津屋』に奉公してるらしい」

「同じ頃から？」

仙次郎は房吉より大柄で、お店者にしては逞しい男だ。

「笹倉の旦那がね、どうして房吉は金に困っていたのか訊いたんだけど、仕事以外の話はしたことがないからよく判らねえって。あんまり仲のいい方じゃなかったみたいなんだ。手代としてしのぎを削《けず》ってたんだろうから、無理はねえけどさ」

お園と仙次郎の姿が遠ざかっていった。

増上寺の鐘《かね》が鳴りはじめた。

「いけねえ、八つの鐘だ。急いで笹倉の旦那を迎えに行かなきゃ。お先に」

寛太は慌てて行きかけたが、

「おっと、この道はまずいか」

と、お園たちとは別の路地を駆け戻っていった。

与兵衛は木戸の格子戸越しにもう一度無人の寮を覗き、その場を離れた。

新橋と同じ川に架かっている橋の中で一番手前の土《ど》橋を渡る与兵衛の耳に、あの夜の房吉の声が蘇った。

〈このまま捕まったら、人殺しの罪を着せられて磔にされてしまう。嘘じゃありません。本当に濡れ衣なんです〉

橋の途中で立ち止まった与兵衛の脳裏に、今度はおかよの声が聞こえてきた。

〈房吉さんがあたしに言ったんです。もう逃げ廻るのはやめて、町方に名乗り出て、お店の旦那様を殺した本当の下手人が誰なのか調べ直してもらうって〉

その房吉がみずから命を絶ったというのは確かに腑《ふ》に落ちない。

〈なんとかして、房吉さんの無実を晴らしたいんです。それがあたしの務めだと思ってます〉

与兵衛にはっきりそう言ったおかよが、その夜のうちに房吉のあとを追って身を投げたというのも頷けない話だ。

暇を出された賄の夫婦者を捜し出して話を聞いてみる必要があると思いながら、与兵衛が橋を渡り終えようとした時、小さな布包みを手に前方からやって来た若侍が、与兵衛に気づいて笑顔で歩み寄ってきた。

「昨夜は馳走になった」

意味が判らず与兵衛は怪訝に足を止めた。

「池之端の『ゆめや』で押しずしを食べさせてもらった」

お涼の店にいた、河合慎三郎という客だと知って与兵衛は黙礼した。

「なかなか美味かったぞ」

「恐れ入ります」

「華屋与兵衛だったな。『ゆめや』の女将にも話したんだが、実はな、お前は俺の――」

と、言いかけるが、

「いや、やめておこう。お前にはどうでもいい話だ。縁があったらまた会おう」

そう話を切り上げて、河合慎三郎は橋を渡っていった。

若侍が何を言いかけたのか、与兵衛は少し気にはなったが、今は『大津屋』の寮にいた夫婦者を捜し出す方が先決だった。

河合慎三郎は大名小路にある藩邸のひとつに入っていった。

その門札には『小浜藩江戸上屋敷』と墨書されていた。

歴代藩主が幕府の要職に就《つ》いてきた小浜藩の現藩主酒井忠進《ただゆき》は十代目で、寺社奉行、京都所司代、更に文政元年（一八一八）までの三年あまり老中を務めている。

「お申し付けどおり受け取ってまいりました」

慎三郎が江戸留守居役岡部《おかべ》釆女正《うねめのかみ》に布包みを差し出した。

岡部は布包みを開け、書類を取り出して目を通した。

諸藩の江戸留守居役は江戸家老に次ぐ役職で、江戸藩邸を守り、幕府や他藩との連絡役を担当していた。一年ごとの参勤交代で藩主忠進は現在国許におり、江戸家老も病気療養中なので、留守居役の岡部が江戸での全実権を握っている。

「次回は是非とも岡部様のご参加をお待ちするとのことでした」

「できるものなら私もそうしたいが、なかなか顔を出す暇がない」

諸藩の江戸留守居役は連絡と情報収集のために留守居役組合を作って、たびたび会合を持っていたが、会合の場所は料理茶屋や貸席だから、遊興のために集まっているようなものだった。岡部が目を通している会合の報告書の薄っぺらさが、如実《にょじつ》にそれを物語っている。

「このところ夜の町にもとんと無沙汰で、世捨て人も同じだ。何かおもしろい話はないか」

「おもしろい話と言われましても、これといって」

「夜の町を呑み歩いていると聞いているぞ」

「呑み歩いているというほどでは」

「隠さずともよい。途中から江戸へ来た私と違って、お前の家は代々江戸詰めなのだから息抜きをする場所には事欠くまい」

「とんでもありません。たまに呑みには出ますが、そのような場所には行ったことがありませんし、どこにあるのかも知りません」

岡部が口許に笑みを浮かべながら、

「真面目《まじめ》なのもいいが、お前も年を越せば二十歳《はたち》だ。たまには羽目をはずして、もう少しおもしろ味のある話を聞かせてくれ」

慎三郎がむきになって言った。

「おもしろい話でしたら、ないわけではありません。昨夜、国許の元近習頭支配行方政之輔を見かけました」

岡部の顔色が変わった。

「行方政之輔を、見かけた？」

「昨夜だけでなく、先ほど藩邸へ戻る途中に土橋の上でも会いました」

「行方を知っているのか？」

「十年ほど前に一度、国許で会ったことがあります」

「国許で？」

「母に連れられて若狭へ墓参した折、行方政之輔に剣の手ほどきを受けたことがあるので、顔も憶えています」

諸藩の江戸詰め藩士は代々江戸の生まれで、ほとんどが生涯国許の地を踏むことはないのだが、慎三郎の場合はたまたま亡母の実家が若狭だった。

今の慎三郎と同じ十九歳だった当時の行方政之輔は、直心陰流の使い手としてすでに近習頭支配に抜擢《ばってき》されており、家中藩士子弟の代稽古《だいげいこ》も任されていた。

「おもしろい話だとは思われませんか」

「おもしろすぎる話だ。生きているはずのない行方政之輔を、この江戸で見たとは」

険《けわ》しい顔の岡部に慎三郎が笑顔で、

「もちろん別人です。見たのは華屋与兵衛という屋台のすし屋で、他人の空似というやつです」

「他人の空似か。そうだろうな」

岡部は力を抜くように苦笑した。

「先月遺体が発見されたそうですね」

「熊川宿近くの山中に埋められていたようだ。姿を消したまま一年近く行方が判らなかったが、どうやら逃亡直後に追い剝ぎ一味に襲われて命を落としたらしい。遺体はなかば白骨化していたということだからな」

「あまりに見事な剣さばきに、子供心にただただ驚いたのをはっきり憶えています。酒の上の諍いで三名もの同僚を斬殺して逃走したと聞いた時は、言葉もありませんでした。そんな人だったなんて、裏切られた思いです」

「おのれを律することのできぬ輩《やから》は、所詮《しょせん》、哀れな末路を辿《たど》る。お前もそれを忘れぬことだ」

「心致します」

「ご苦労だった。下がってよいぞ」

慎三郎は一礼して立ち上がると、腰を屈《かが》めたまま退出していった。

「華屋与兵衛か……」

岡部の中に一瞬疑念が浮かび、視線を泳がせたが、

「いや、行方政之輔は遠く離れた若狭の山中で先月遺体で発見されたのだ。この江戸になどいるわけがない。まさしく他人の空似。それ以外にはあり得ん」

と、自分に言い聞かせるように、他には誰もいない用部屋の中で言葉に出してきっぱりと打ち消した。

「仕様がねえな、まったく。こんなことなら急ぐんじゃなかったよ」

惣十郎町のもんじ屋の前で、寛太がぼやきながら笹倉を待っていた。

そこへ、与兵衛が歩み寄ってきた。

「笹倉の旦那、まだ中に？」

「昼寝の真っ最中で、あと四半刻は起きそうにねえらしいや。てめえのことしか考えちゃいねえんだよ、あの旦那は」

「もう少し訊きたいことがあるんだ」

「訊きたいことって？」

「『大津屋』の寮にいた賄の夫婦、今はどこにいるんだ」

「詳しいことは知らねえけど、娘の嫁ぎ先で厄介《やっかい》になってるって話だよ。場所は確か上州《じょうしゅう》の、ええと、何て村だったっけ」

寛太は思い出せそうになかった。

仮に思い出したとしてもすぐに上州までは会いに行けるわけもないので、与兵衛はおかよのことを持ち出した。

「房吉のあとを追ったおかよっていう娘はどこに住んでたのかな」

「住み込みのお針子だから、店の裏にある『大津屋』の家作《かさく》で寝起きしてたんじゃねえかな。他にも奉公人がいて、その中に房吉もいたのさ」

与兵衛は夫婦者は諦めて、おかよの知り合いを捜して話を聞こうと考えていた。

おかよには、相談に乗ってくれそうな信用できる心当たりがいるようだった。それが誰なのか、判るかもしれない。だが、『大津屋』の奉公人から話を聞き出すとなるとそう簡単にはいかない。

「いつもありがとうございます」

ももんじ屋の仲居の声に送られて、楊枝《ようじ》をくわえた笹倉が欠伸《あくび》混じりで出てきた。

「表でお前が待ってると起こされちまったぜ」

「嫌だな、おいらのことなんぞ気にしなくていいんですよ、いつまでだってお待ちするんですから」

寛太が追従《ついしょう》笑いで言った。

「寛ちゃん、俺はこれで」

　与兵衛は笹倉にも一礼して去っていった。

　笹倉が歩き出しながら
「あの男、お前に何の用だったんだ」

「大した用じゃねえんです。死んだ房吉とおかよのことを訊きてえって」

「何のために？」

「屋台ずしの客から話が出た時に困らねえためですよ。客商売はもう少し愛想よくしなきゃ駄目だって、日頃うちのおふくろなんかに言われてて、やっとその気になってきたんですすよ。少しは話の相手ができなきゃ、売れるものも売れなくなりますからね」

「本当にそれだけならいいがな」

「他に何があるんです？」

「前々から俺はあの与兵衛って男は怪しいと睨んでる」

「また始まった。何かっていえばすぐあの与兵衛は怪しいなんだから。怪しいとこなんてどこにもありませんよ」

「小者のお前にはない定町廻り同心の勘ってやつだ。いいか、そもそも三十歳近くなって、若狭くんだりからわざわざ江戸へ出てきたってのが胡散《うさん》臭い」

「ですから、それはですね」

寛太は何度も笹倉に繰り返している与兵衛の話を口にした。

「すし職人として一から修業し直すために、若狭を引き払ってこの江戸に出てきたんです」

「だから怪しいというんだ。若狭で曲がりなりにもすし職人として暮らしてたのに、それを投げ捨ててこの江戸へ来たっていうのは、よほどのことがあるからに違いねえ。向こうで何かしでかして、逃げてきたのかもしれんぞ」

「それなんですけどね。江戸へ出てくる気になったのは、もちろんすし職人としての修業もあるけど、どうやら女のこともあるみたいなんです」

「女のこと?」

「本人に言っちゃ駄目ですよ」

笹倉が頷いた。

「本当に言っちゃ駄目ですよ」

「くどい!」

笹倉に睨まれ、寛太が慌てて話を続けた。

「若狭にはどうやら夫婦になる約束をした女がいたようなんですけどね、その女が男を作ってとんずらしたらしいんです」

「女に裏切られたのか」

「そうなんですよ。だから、若狭のことを忘れてえ気持ちもあって、江戸へ出てくる決心をしたんじゃねえかと。けど、相手の女も江戸にいて六間堀で酌婦をしてたってんだから、世の中皮肉なもんですよ」

「六間堀の酌婦ってことは、落ちるとこまで落ちてたってわけだな」

「おまけに、不治の病を抱えて明日をも知れねえ命でしてね。女のたっての望みで死に目に会いに行って、辛《かろ》うじて間に合ったみたいなんですけど」

「そういう事情があったのか」

「与兵衛が怪しいなんて勘は、旦那も綺麗さっぱり忘れておくんなさい」

「馬鹿野郎、そう簡単に引っ込められるか。あの男にはまだ他に何かあるかもしれねえんだからな」

　寛太はやれやれという顔でため息をついた。

「ただいま」

『魚平《うおへい》』と書かれた小網町の裏店《うらだな》の腰高を開けて、棒手振り姿のお初が戻ってきた。

「鯵が売れ残っちゃったから、今夜のおかずにするね。焼いた方がいい？　それとも煮た方がいい？」

「お帰り」

と言いながら、奥から褞袍《どてら》を着た父親の平七が顔を出した。

「寝てなきゃ駄目よ、お父っつぁん」

「だいぶ楽になった。明日は天秤棒を担げる」

「無理しなくていいの。あたし、当分は天秤棒を担ぐつもりだから」

「嫁入り前の娘にそうそう甘えるわけにゃいかねえさ。そうだ、さっき与兵衛さんが来たぞ。お前に用があるらしい」

「与兵衛さんがあたしに？」

「そろそろ帰ってくる頃だと言ったら、しばらく魚河岸を覗いて、また来てみると
――お初？」

平七の話を聞き終わらないうちに、お初はとび出していった。

魚河岸は小網町からすぐの日本橋の東側の袂にあった。北詰めから江戸橋手前までの川沿いでかなりの広さだ。

初代の徳川《とくがわ》将軍・家康《いえやす》は昔（一六〇三年頃）、江戸城内の台所を賄う魚を確保するために大坂から漁師を呼び寄せ、江戸湾内の漁業権を与えた。漁師たちが幕府に納めた魚の残りを、ここで庶民に売るようになったのが魚河岸のはじまりだった。

魚河岸では連日魚市場が開かれており、店を構える問屋は荷主が陸揚げした魚を買い取り、仲買人に店先を貸して小売りの魚屋に売らせていた。問屋は値段を決めずに仲買人に魚を渡すので、競《せ》りで魚の値が決められて小売りの魚屋に売られた。

早朝ほどではないものの、昼をすぎても魚河岸は賑わっている。まだ陸揚げされる魚があり、周辺に住む庶民も買い物に来ていた。魚河岸は芝居《しばい》町や吉原《よしわら》と並んで一日千両の金が落ちると言われていた。

小網町から荒布《あらめ》橋を渡って、お初は江戸橋の袂から魚河岸へ急ごうとした。

前方の人混みから与兵衛が出てきた。

「与兵衛さん」

と、お初が嬉色で駆け寄って、

「お父っつぁんから聞いたけど、あたしに用があるんですって」

「これから出向くつもりだったんだよ」

「わざわざまた来てもらうのも申し訳ないから。何かしら、あたしに用って」

「実は、明日お初ちゃんにちょっと付き合ってもらいたいとこがあるんだ」

「えっ、どこに？」

「実はな」

「ううん、あたし、どこへでも付き合う」

お初がにっこりと答えた。

「ただ」

「何？」

「その格好のままじゃ、ちょっとまずいんだ」

「まずいって？」

向こう鉢巻のお初が怪訝に与兵衛を見た。

四

日本橋南詰めに近い呉服《ごふく》町には町名通り呉服問屋がいくつか並んでいる。

橋を挟んで北側の駿河《するが》町にある建て坪七百坪、奉公人数二百人有余という江戸一番の呉服問屋『越後屋《えちご》』本店には遠く及ばないものの、いずれもそこそこの大店ばかりで、『大津屋』もそのひとつだった。

主《あるじ》・清左衛門の初七日までは鎧戸《よろいど》を下ろしていたが、今は通常どおり店を開けていて、店の中では、武家の妻女や商家の新造など四、五人の女客が手代の応対で反物《たんもの》を選んでいる。

　仙次郎が棚に納めてある反物をいくつか出してきて、

「こちらなどはいかがでしょう。お似合いになりますよ」

と、町娘風の客にすすめた。

「そうね、どれも嫌いな柄じゃないけど」

反物を手にしながら逡巡する町娘は、いつもとはまるで別人のようなお初だった。

「もう少し他のも見せてもらえますか」

「承知いたしました」

仙次郎が反物を抱えて棚へ立とうとした時、

「あちらのお客さんが厠《かわや》を借りたいそうです」

と、丁稚《でっち》が仙次郎に声をかけ、店土間の長床几《ながしょうぎ》の方を振り返った。

長床几に腰掛けている客のお供の中で、与兵衛が立ち上がって仙次郎に頭を下げていた。

「お客様のお連れ様ですね」

仙次郎がお初に尋ねた。

「ええ、そうよ」

仙次郎の許可を得た丁稚が、

「こちらへどうぞ」

と、与兵衛を店土間の横を奥へ案内していった。

「ごめんなさい、お手数おかけして」

「とんでもございません。ただいま他の反物をお持ちいたします」

仙次郎は棚の方へ行った。

お初は内心どきどきしていた。

詳しいことは聞いていないが、どうしても『大津屋』の奉公人から聞きたいことがあるので客になってもらいたい、ついては、棒手振り姿のままというわけにはいかないからと与兵衛に頼まれたのだ。

今朝の棒手振りは早めに切り上げ、お初は昼過ぎまでかかって念入りに髪を直して化粧もして、一張羅《いっちょうら》の晴れ着に着替え、小網町まで迎えに来た与兵衛とここまでやって来たのだ。

「お待たせしました」

仙次郎が前より多めに反物を持ってきた。

「迷っちゃうわ、どれにしようかしら」

できるだけ引き延ばすように与兵衛に言われているので、お初はじっくり反物の品定めをはじめた。

細長い土間を抜けると中庭で、すぐ左手が客用の厠だった。

案内してきた丁稚が戻っていくのを確かめて、与兵衛が厠からすぐに出てきた。

厠の斜め先の土蔵の向こうに、奉公人の住まいらしい二階建ての家作がある。お針子もここに寝泊りしているのだから、おそらく作業場もあるのだろう。

呉服問屋では、雇《やと》っている職人がお針子を使って反物を客の注文に合わせて着物に仕立てる。当然値も高くなるから、古着屋でしか買えない庶民は初めから相手にしていない。

与兵衛はお針子をつかまえて、誰がおかよの相談に乗っていたのか手がかりだけでも聞き出せたらと思い、お初に無理を言って『大津屋』へやって来た。

土蔵の向こうの家作に近づこうとした与兵衛が背後の気配に振り返った。

「失礼ですが、そこで何をしておいでです」

と、生真面目《きまじめ》そうな四十歳すぎの男が歩み寄ってきた。

「こちらの方で？」

「番頭の籐吉《とうきち》と申します」

物腰は柔らかいが、厳しい目で与兵衛を見据えている。

「すいません。厠を借りるつもりが場所が判らなくて」

「厠はこっちでございます」

と、客用の厠に顔を向けた。

「なんだ、あそこですか。どうも」

『大津屋』の中でお針子から話を聞くのはやはり難しそうだ。与兵衛は厠へ向かいながら、他の方法を考えなければと思っていた。

与兵衛たちが店を出たあと、反物を片づけている仙次郎の横に籐吉が立った。

「はじめてのお客様のようだね」

「あれこれさんざん見た挙句《あげく》、今日は決められないからまた来ると言って帰りましたが、たぶん冷やかしでしょう」

「決めつけるのは感心しないね。いつも言っているように、上客を逃がしてしまっては店の大損になる。それを忘れないようにしておくれ」

と、籐吉は帳場へ戻っていった。

仙次郎は険しい表情で憮然《ぶぜん》と反物の片づけを続けた。


洗濯物を取り込んでお咲が長屋へ戻ってきた。

玄関土間に見慣れない男物の雪駄《せった》が脱ぎ捨てられているのを見て、怪訝に家の中を覗き込んだ。

六畳間の真ん中で男がこっちに背中を向けて横になっていた。

お咲は驚いて戸口に立て掛けてあった心張り棒を握りしめて、そっと家の中へ上がった。

こっちに向きを変えた男が目を開け、

「お咲か。しばらく見ねえうちにずいぶん大きくなったな」

と、半身を起こした。

お咲は相手が誰かすぐには判らない。

「馬鹿野郎、父親《てておや》の顔を忘れたのか」

「父ちゃん……？」

お咲が父親の寛助《かんすけ》に会うのは五年ぶりだった。

しかも、一緒に暮らしたのは留太が生まれて二、三ヵ月した頃の四、五日だけで、会ったのもその時だけなのだから、判らないのも無理はなかった。

「親はなくても子は育つというけど、本当だぜ」

「役立たずの父ちゃんはいなくても、母ちゃんがいた」

寛太より少し大きめな父親・寛助を睨みつけながらお咲が言った。

「口の悪いとこも母ちゃんそっくりだ」

お咲とは目を合わさずに寛助が続けた。

「寛太はどうしてる。どうせまだしけた下っ引きやってるんだろうな」

「今は八丁堀の旦那の小者」

寛助を睨みつけたままお咲が言った。

「似たようなもんじゃねえか。それから、あいつは元気か。ほら、あいつだよ、この前帰った時生まれたばかりだった、ええと、何て名だっけ」

「留太」

「そうそう留太だ、元気にしてるか」

「留太も〆太も元気にしてる」

「しめた？　誰だ、それ」

「留太の一つ下の弟。父ちゃんの四人目の子供よ」

「四人目が生まれてたのか。知らなかったな」

寛太が四歳の時に寛助が行き先も告げずに出て行き、女手ひとつでおとよは頑張って生きていた。そこへ、行方知れずだった寛助が突然、ほぼ十年ぶりに戻ってきた。その時おとよはお咲を身ごもった。更に五年後に留太が生まれ、翌年〆太が生まれた。子供を産ませっ放しで暮らしの面倒も見ずに、寛助はふらりと帰ってきて四、五日いてはぷいと消え、以後音沙汰なしになる。

同じことは繰り返すまいと、おとよは三人目に留太と書いて、とめたと名づけて打ち止めにする気だったのだが、四人目を身ごもってしまった。だから、今度こそ〆切にしようと〆太と名づけたのだ。

玄関から覗いてる留太と〆太に気づいて、寛助が笑いかけ、

「こっちへ来な」

と、紙包みからお咲と留太への土産《みやげ》のつもりだった鶴と亀の細工飴《あめ》を出した。

留太と〆太は行ってもいいかという顔でお咲を見上げた。

お咲は駄目だとは言えずに仕方なく頷いた。

二人は駆け上がってきて細工飴を貰って舐《な》めた。

「こっちが留太だな」

「うん」

「こっちが、ええと」

「〆太」

〆太が自分で答えた。

「そうだった、〆太だったな」

笑顔で二人の頭を撫《な》でる父親を、相変わらずお咲は睨み続けている。

本材木町《ほんざいもく》の大番屋の前で笹倉が立ち止まり、

「与兵衛じゃねえか」

と、一方を見ながら寛太に言った。

そこは江戸橋へ向かう通りで、与兵衛たち二人の後ろ姿が見えていた。

「そうみたいですね」

「隣《となり》の女は誰だ」

「誰ですかね」

「与兵衛といい仲の女じゃねえのか」

「そんな女はいねえはずですけどね」

目を凝らした寛太は隣の女がお初だと判って驚いた。

与兵衛と一緒だというだけでなく、お初がいつになく着飾っているのがひどく気になった。知らないうちに二人はいい仲になっていたのだろうか。寛太は不安になってきた。

「どうした？」

「い、いえ、別に」

「顔色が悪いぞ」

「ちょっと、腹具合がよくなくて」

「仕様がねえな。今日はもう帰りな」

「いいんですか」

「いいから帰って休め」

「すいません。じゃ、お言葉に甘えて」

笹倉が大番屋の中へ消えるのを確かめて、寛太は大急ぎで二人を追った。

与兵衛が江戸橋の上で立ち止まった。

隣のお初が怪訝に与兵衛を見た。

「後ろから寛ちゃんが来てるみたいだ」

「寛太さんが？」

お初が振り返って、

「本当だわ」

と、寛太に手を振った。

二人のあとをつけていた寛太は慌てたが、橋の上では身を隠しようがなく、

「よ、よお」

と、二人に歩み寄った。

「あたし、全然気がつかなかった、うしろに寛太さんがいるなんて」

「おいらも気がつかなかったよ。似てるなとは思ったんだけどさ。ところで、どこへ出かけてたんだい、二人で」

「呉服問屋の大津屋だよ」

与兵衛はあらかじめお初と決めておいた話をした。

「日頃お初ちゃんには世話になってるから、お礼に何か贈り物をと思ってね。江戸の町はまだ不慣れだから、寛ちゃんから聞いた『大津屋』へ行ってみたんだよ。お初ち

ゃんには申し訳なかったんだけど、高い物ばかりでとても手が出なかったよ」

「そりゃそうだよ、俺たちが行くような店じゃねえんだから」

「でも、『大津屋』さんでいろんな反物を見られただけであたしはいいの。久しぶりにこんな格好で町にも出られたしね」

「そいつはよかったな」

寛太は素直に二人の話を信じた。

『大津屋』へ行った本当の目的を定町廻り同心の笹倉に隠しておくためには、寛太に嘘をつくしか仕方ない、と与兵衛は思っていた。隠し事ができない人のいい寛太に話せば、間違いなく笹倉の耳に入ることになる。

小網町でお初と別れた与兵衛と寛太は両国橋へ向かった。

「あのさ、お初ちゃんの贈り物、おいらも金を出すよ。そんなには出せねえけど、二人合わせりゃちょっとした小間物《こまもの》くらいは買えるしさ。ただ」

「ただ、何だい」

寛太が言いよどんだ。

「買い物なんだけど、できれば、おいらとお初ちゃんに任せてくれないかなと思って。おいらの方が江戸の町に詳しいしさ」

「構わないよ。その方が俺も助かる」

両国橋までの道々、寛太は上機嫌で通りの名や町名の由来などを与兵衛に話して聞かせた。大門《だいもん》通りは浅草の吉原が昔この辺りにあった名残《なごり》だとか、通旅籠《とおりはたご》町とか通《とおり》油《あぶら》町の町名は旅籠や油屋が多いからなど、屋台ですしを売り歩いている与兵衛はすでに知っていることだが、黙って寛太の講釈を聞いていた。

相変わらず賑わっている広小路を抜けて、二人は両国橋の袂へさしかかった。

橋の上からお咲が駆け下りてきた。

「お咲ちゃんだよ」

与兵衛に言われて、寛太が声をかけた。

「どこへ行くんだ、お咲？」

「あ、兄ちゃん」

と、お咲が駆け寄ってきて、

「父ちゃんが帰ってきた。だから、母ちゃんに知らせようと思って」

寛太はお咲に念を押した。

「本当に父ちゃんなのか。お前、会うのは五年ぶりだろう」

「すぐには判らなかったけど、父ちゃんに間違いない」

「参ったな。また戻ってきたのかよ」

「母ちゃんは京橋《きょう》の普請場だから知らせてくる」

駆け出そうとするお咲に寛太が言った。

「母ちゃんには知らせねえ方がいいんじゃねえかな」

「どうして？」

「下手したら、俺たちは五人兄弟になっちまうかもしれねえし」

「そうか。母ちゃんには知らせない方がいいか」

と、お咲は行くのをやめて、

「でも、どうするの、父ちゃんのこと」

「母ちゃんが戻ってくる前に、このまま父ちゃんを帰らせるしかねえな」

「どうやって帰らせるの？」

「どうやればいいか、お前も考えろ。お前の方が頭がいいんだから、それくらい考えつくだろうが」

お咲は与兵衛に歩み寄って、

「何かいい方法がないか、与兵衛さんも考えて」

「いい方法か。何があるかな」

与兵衛も思案をめぐらした。

その与兵衛を見上げていたお咲が、突然、

「あるわ、いい方法が！」

と、にっこり笑った。


「丁か、半か、さあ、どっちだ」

寛助が茶碗と賽子《さいころ》で留太と〆太相手に丁半博打《ばくち》まがいの遊びをしている。

「はん！」

留太と〆太が声を揃《そろ》えて言った。

「勝負！」

寛助が茶碗を上げ、

「二六の丁！」

がっかりする二人に、

「またお前たちの負けだ。出世払いにしとくからな」

そこへ寛太とお咲が入ってきた。

「久しぶりだな、寛太。相変わらずしけた面《つら》してるな。さっさと商売替えしろ。町方同心の小者なんぞやってちゃ一生浮かばれねえぞ」

　お咲が弟たちを二階へ行かせ、もじもじしている寛太を、

「兄ちゃん」

　と、指で突ついた。

「父ちゃん、実は……」

「何だ？」

「父ちゃんに、会ってもらいたい人がいるんだ」

「誰に会ってもらいたいんだ？」

　お咲が表から与兵衛を引っ張ってきて、

「この人、華屋与兵衛さんっていうの。『華屋』は屋号で、屋台のおすし屋さんをしてるの」

　と、寛助に言って、目で寛太を促した。

「与兵衛さんは、母ちゃんの、いい人なんだ」

　寛太の声が小さすぎて寛助にはよく聞こえなかったらしい。

「母ちゃんの何だって？」

「だから、母ちゃんの……」

お咲が大きな声であとを引き継いだ。

「いい人なの！」

「冗談よしな。母ちゃんよりだいぶ若《わけ》えじゃねえか」

「年下だけど、母ちゃんのいい人なの！」

「言っとくがな。母ちゃんは俺に首ったけなんだ。お前たち四人が何よりの証拠だろうが。嫌いな男の子供を四人も産む女がいると思うか。母ちゃんが他に男を作るわけがねえんだよ」

「そう思ってるのは馬鹿な父ちゃんだけなの！　母ちゃんはとっくに父ちゃんに愛想を尽かしてるの！　父ちゃんみたいなろくでなしと違って、与兵衛さんは真面目な働き者なんだから、父ちゃんに勝ち目はないの！　だから、ここにはもう父ちゃんの居場所はないの！　尻尾《しっぽ》を巻いて退散した方がいいの！」

お咲が捲し立てた。

そのお咲の迫力に圧倒されたのか、

「父ちゃんの居場所はないの、か」

寛助は薄笑いを浮かべた。

「そういうことなら、俺は退散するしかねえな」

寛助は立ち上がって玄関土間へ向かいかけ、

「与兵衛とかいったな、子持ちの四十女に手を出すとはよほどの物好きだぜ。ま、せいぜい頑張りな」

と、捨て台詞《ぜりふ》を吐いて出ていった。

それを見て、寛太がへなへなとその場にへたり込んだ。

お咲も張り詰めた風船が割れたように吐息で座り込んだが、階段を下りてきた留太と〆太に、

「父ちゃんが来たこと、母ちゃんには絶対内緒よ」

「どうして内緒にするの？」

留太が尋ねた。

「どうしてでも。〆太も判ったわね」

〆太がこくんと頷いた。

騒ぎが収まったので、与兵衛も帰ることにした。

外へ出て棟割長屋の前を通って八軒長屋の露地へ入りかけた時、

「ただいまぁ、ここ開けとくれ」

と、おとよの声が聞こえた。

与兵衛が振り返って見ると、両手に大根《だいこん》の束《たば》を持って帰ってきたおとよが家の前に立っていた。

中からお咲が腰高を開け、

「早かったね、母ちゃん」

「普請場の仕事が早く終わったから、これ、大根河岸で買ってきた」

と、お咲に大根を渡しながら、おとよは家の中へ入っていった。

与兵衛は気になったので、戻ってそっと聞き耳をたてた。

家の中ではおとよが寛太を見て、

「またずる休みしたのかい」

「違うよ。笹倉の旦那が今日はもう帰っていいって」

「だからってあっさり帰ってきちゃ駄目なのよ。旦那の代わりに町廻りして、掏摸《すり》や空き巣を捕まえるとかしてみせなきゃ、いつまで経《た》ってもうだつが上がらないでしょうが」

「判ってるよ」

「口ばっかりなんだから、お前は。そういうとこがろくでなしの父親にそっくりなんだよ」

留太と〆太がおとよを見上げながら袖を引っ張った。

「何だい？」

ものいいたげな二人の様子に、

「何なの？　言いたいことがあるならさっさとお言い」

台所の隅に大根を片づけていたお咲が慌てて、

「ほらほら！　二人とも外で遊んどいで！」

と、弟二人を外へ追い出した。

「あの子たち、何が言いたかったのかね？」

「さあ何だろう。それより母ちゃん、湯屋にでも行ってくれば」

「そうだね。力仕事であっちこっち泥だらけだし、一汗流してくるとしようかね」

お咲が湯桶に手拭《てぬぐ》いと垢すりを入れて、

「はい母ちゃん」

と、おとよに渡した。

「じゃ、行ってくるよ」

おとよを見送ってお咲と寛太がほっと顔を見合わせた。

長屋の木戸を出て、おとよが何も知らないまま湯屋へ出かけていった。

与兵衛も一安心して八軒長屋の方へ戻っていった。

その日の夕刻近く、愛宕下の若狭小浜藩江戸上屋敷では――。

「申し上げます。国許より矢崎左馬之助《やざきさまのすけ》様がご到着になられました」

留守居役用部屋前の廊下からの声に、書見中だった岡部が顔を上げ、

「すぐにここへ通せ」

と、答えた。

障子戸が開き、旅姿の矢崎左馬之助が入ってきて岡部の前に手をついた。

その左耳から頰にかけて生々《なまなま》しい刀傷の痕《あと》がある。

「ようやく現れたな、矢崎左馬之助」

「本来なら岡部様のお供をして江戸へ参るはずが、思いのほか傷の養生に手間取り、なかなか国許を出ることが叶《かな》わず、大幅に到着が遅れました。まことに申し訳ございませんでした」

「いやいや、一時は命さえ危ぶまれながら、こうして江戸へ来られるまでに快復したのだからよしとせねばなるまい。以前同様、私の下で存分に働いてもらうぞ」

「もとよりその覚悟でございます」

「国許の様子はどうだ」

「一年近く養生の身でしたので、城中の噂話などには疎《うと》くなってしまいましたが、行方政之輔の骸《むくろ》はこの目で確かめました」

「熊川宿近くの土中に埋められていたようだな」

「ほとんど骨と化しておりましたが、残っていた衣類や大小から見ても、行方政之輔に相違ありません。特に手作りの鉄針は、彼奴《きゃっ》しか所持する者はおりません」

「皮肉な話だ。手練揃いの同僚三名を斬殺した上、藩内屈指と謳《うた》われたおぬしにまで手傷を負わせるだけの腕を持ちながら、追い剝ぎ一味に襲われ土中に埋められていたとはな」

「あの折、拙者の手で仕留められず行方政之輔を取り逃がしたこと、今も悔やまれてなりません」

「そう言えば、行方によく似た男が江戸にいるようだぞ」

「似た男が？」

「子供の頃一度だけ行方政之輔に会ったことがあるという江戸詰めがいてな、屋台のすし屋だとか申していた。他人の空似というのはよくある話だ」

「そのうち行方政之輔に似た男に拙者《せっしゃ》も会ってみます」

「おいおい、まさか死んだ行方政之輔の代わりに斬るつもりではないだろうな」

「骨と化した骸を見たせいか、彼奴の顔を忘れてしまいそうなので、似た男に会えば忘れずに済むかと」

「執念深いことだ」

「行方政之輔の顔は決して忘れたくはありません」

矢崎の頬の刀傷がぴくぴくっとひきつった。

五

内神田須田《すだ》町の縄のれんで笹倉と寛太が昼めしをとっていた。

「与兵衛が『大津屋』へ買い物に行った？」

「そうなんですよ。お初ちゃんを連れていったはいいけど、どれもこれも目が飛び出るほど高級品ばっかりで、結局手も足も出なくて、すごすご尻尾を巻いて帰ってきたみたいなんでさあ」

「あの与兵衛が『大津屋』にな……」

笹倉は難しい顔で猪口《ちょこ》の酒を口にした。

「それでですね、次はおいらにどうしてもお初ちゃんと一緒に買い物に行ってほしいって頼まれちゃって。近所のよしみで断るわけにもいかねえんで、その時は一日、いえ半日休みを貰えねえかな、なんて」

笹倉がぼそっと言った。

「怪しい」

「と、とんでもねえ。江戸は不案内の与兵衛さんにどうしてもお初ちゃんと一緒にと頼まれて、仕方なく行くだけで、怪しいことなんか金輪際《こんりんざい》ありませんよ」

「怪しいのは与兵衛だ」

「へ？」

「考えてもみろ。いくら不案内でも、大店かどうかくらいは見分けがつくはずだ」

「けど、江戸へ来てまだ一年足らずですから」

「一年近くも江戸にいるってことだ。よほどの馬鹿じゃねえかぎり、手が出ないと判ってる大店の『大津屋』に行くわけがねえ。やっぱり、与兵衛は怪しいぜ」

「怪しいって、どう怪しいんですよ」

「もしかしたら、与兵衛は盗賊の一味かも知れねえ」

「まさか」

「いいか、盗賊ってのはな、盗みに入る前に狙った先の下調べをするものなんだ。よし、行くぞ」

「どこへ行くんです？」

「『大津屋』に決まってるだろうが。勘定払っとけ」

と、笹倉はさっさと出ていった。

「仕様がねえな。お初ちゃんと買い物に行こうと思ってたへそくりなのに」

寛太は半べそで巾着とは別に小袋に隠してあったこつぶで勘定を済ませ、釣銭を手に、

「旦那、待ってくださいよぉ」

と、笹倉を追って店をとび出した。

須田町から日本橋北詰めまでは一本道の大通りになっている。

笹倉と寛太は日本橋を渡って、呉服町の『大津屋』へ行った。

笹倉だけが奥の広間へ通され、小者の寛太は店土間の長床几で待たされた。親分と呼ばれる身にでもならない限り、こういう扱いからは免《まぬが》れられない。

だが、寛太はそれよりへそくりの方が気になって、小袋の中の残りをちらちら数えていた。

「昨日おみえになったお客様でございますか」

広間では番頭の籐吉が笹倉の応対をしていた。

「確かに半刻近くいろいろご覧になって、お求めにならずにお帰りになった女のお客様がおいででした」

「二十歳前の若い女だったんだな」

「そのようにお見受けしました」

「連れの男は三十前で、横幅は俺より細いが背丈は一、二寸高くて、それほどじゃねえが、まあまあの男前だったんじゃねえか」

「さようでした」

笹倉が膝を乗り出した。

「その男に怪しい節はなかったか」

「お客様用の厠の場所が判らなかったらしくて、中庭で迷っておいでしたが、他にこれといって怪しい節は」

「中庭には厠の他に何があるんだ」

「仕入れた反物などを保管する土蔵がございます」

「これだけの大店なら、土蔵の中の反物も相当な値になるんだろう。ざっといくらくらいなんだ」

「申し訳ありませんが、できればそれは」

返答を拒《こば》む籐吉に、

「いいさ。言わなくても、だいたいの見当はつく」

「恐れ入ります」

「その代わり、昨日その二人の相手をした奉公人から話を聞きてえんだがな」

「仙次郎という手代なんですが、あいにくお内儀さんのお供でただいま出ておりまして」

「行き先はどこだ」

「買い物にでも出かけられたのだと思います」

「思います？」

と、笹倉は驚いたように籐吉を見て、

「番頭のお前にはっきりした行き先も言わずに、二人で出かけたのか」

「お内儀さんと仙次郎は以前からの知り合いですので、他の奉公人がお供するよりお内儀さんも気楽なようなんです。今回のことですっかり滅入っておいでですし、少しでも気晴らしになればと思いまして」

「店を預かる番頭としちゃ、旦那の忘れ形見を身ごもってるお内儀さんの好きにさせてるってわけだな」

「お内儀さんのお腹の赤ん坊にもしものことでもあれば、この『大津屋』の一大事でございます」

籐吉は苦渋の色でそう言った。

『大津屋』を出た笹倉は本材木町の大番屋までの間、籐吉との話をひととおり寛太に聞かせて、

「どうだ、やっぱり与兵衛は怪しいと思うだろうが」

「大店はどこも広いんですから、中庭で迷うことだってありますよ」

「まだあの男の肩を持つのか」

「旦那に恥をかかせたくねえんですよ。見込み違いだってことが早晩はっきりするのは、目に見えてますよ」

「言ったはずだ、俺には小者のお前にはねえ勘があるとな。見てろ、与兵衛の尻尾は必ずこの手で摑んでみせる」

笹倉はかなり意気込んでいた。

「付き合いきれねえよ、まったく」

寛太がため息まじりに思わずぼそっと口にした。

「ん？　何か言ったか？」

「いいえ別に」

慌てて首を横に振った寛太が一方に目を留め、

「あの二人、『大津屋』のお園って内儀さんと手代の仙次郎ですぜ」

近くの稲荷杜《いなりもり》にお園と仙次郎の姿があった。

笹倉も二人を見て、

「気晴らしに買い物に出たって話だったが、あんなとこで何してるんだ」

お園と仙次郎は社《やしろ》の陰で何か話している。

「まるで人目を避けてるとしか思えませんね」

「いくら以前からの知り合いでも、いまは主従の関係だ。ちょっとばかり親しすぎる気がするな」

と、難しい顔で考え込んだ笹倉がはっとなって、

「あの二人、出来てるのかもしれねえぞ」

「大津屋の旦那が死んでまだ半月足らずだってのにですか？」

「旦那に死なれて心細いだけじゃねえ、お園はまだ若いんだ。昔から知ってる仙次郎

と気晴らしに出歩いてるうちに、ふとした弾《はず》みで深い仲になっちまったに違いない」

「けど、不義はご法度《はっと》、重ねて四つ斬りにされても文句は言えねえんですよ」

「近頃はうやむやにして金で片をつけるのがほとんどだ。そうでもしなきゃ、世の中四つ斬りの仏で溢《あふ》れてしまいかねねえ。まして、亭主の大津屋清左衛門はもうこの世にいねえんだしな。待てよ、ひょっとして番頭の籐吉も二人の仲に気づいていながら、見て見ぬ振りをしてるのかもしれんぞ」

「どうして見て見ぬ振りを？」

「おそらく、『大津屋』の看板を守るためだろう。二人のことが表沙汰になったら評判はがた落ち、下手すりゃ店だって潰《つぶ》れかねねえからな」

稲荷杜からお園、続いて仙次郎が出てきた。

二人は周囲に主従関係を示すように一定の距離を置いて、『大津屋』のある呉服町の方へ戻っていった。

下谷不忍池の水面《みなも》には下弦《かげん》の月が揺れながら映《うつ》っていた。

池の南側にある池之端仲町は夜五つ半（午後九時頃）をすぎてもまだあちこちの軒《のき》行燈《あんどん》の灯がついており、その中には小料理屋『ゆめや』の軒行燈もある。

表戸の開く音に、

「いらっしゃい」

と、酔客の酌をしていたお涼が戸口へ立った。

外から河合慎三郎が顔を覗かせて、

「二人なんだが、小座敷は空《あ》いてるかな」

「ええ、ちょうど一組帰ったとこですから」

お涼が答えると、慎三郎が振り返り、

「矢崎さん、大丈夫です。どうぞ」

後ろにいた矢崎左馬之助が頷いて店の中へ入ってきた。

お涼が二人を小座敷に案内して、

「熱燗《あつかん》でよろしいですか」

「とりあえず二、三本頼む。肴《さかな》は何がよろしいですか」

慎三郎が矢崎に尋ねた。

「おぬしに任せる」

「私もここは馴染《なじ》みというわけではないので、適当に見繕《みつくろ》ってもらっていいですか」

「構わん」

「女将、頼むよ」

「判りました」

と、お涼が立ちかけた。

「そうだ。先夜の屋台ずし、華屋与兵衛とかいったな、あの男は今夜もここへ現れるかな」

「さあどうでしょう、毎晩来るわけじゃありませんから」

「もし来たら、ここへ連れてきてくれないか」

「与兵衛さんをですか」

「こちらは昨日国許から来られたんだが、あの男に是非会ってみたいと言われているんだ」

矢崎が口を開いた。

「死んだ俺の知り合いによく似ていると聞いたのでな」

「いつもどの辺りに屋台を出しているんだ」

慎三郎が尋ねた。

「江戸の町をあちこち廻って屋台を出してて、場所が決まっているわけじゃないみたいなんですよ。ですから、今夜顔を見せるかどうかは何とも言えなくて」

お涼は店土間へ下りていった。

「すいません。今夜はあの男に会えないかもしれません」

「気にするな。江戸詰めになった身だ。そのうち会える時もある」

「そうですね」

「俺と死んだ行方政之輔の因縁《いんねん》は知っているな」

「はい、噂では聞いています」

「二度とまみえることは不可能だが、彼奴のことは一生忘れられん。だから、彼奴に似た男がいると聞けば、会わずにはおれんのだ」

矢崎は頬の刀傷をぴくつかせながら言った。


与兵衛の屋台は汐見《しおみ》橋の袂に出ていた。

酔客で賑わう両国広小路などの繁華街と違って人通りの少ない場所だから、すしの売れ行きはもうひとつだ。

与兵衛が小さめの火鉢で湯を沸《わ》かしながら、

「本当の話なのかい、あの二人が深い仲になってるというのは？」

と、横で蒸しずしを頬張っている寛太に問いかけた。

「おいらも見たから間違いねえよ。それだけじゃねえんだ。番頭の籐吉はあの二人の仲を知りながら『大津屋』の看板を守るために見て見ぬ振りをしてるって、笹倉の旦那は言うんだよ」

与兵衛は『大津屋』の中庭で会った籐吉の顔を思い出していた。

見るからに生真面目そうな男だった。長いお店者暮らしで、人の命より店の看板の方が大事なのだと、体にしみついているのかもしれない。

与兵衛の中にふとある思いがよぎった。

（おかよが力になってくれそうな人と言っていたのは、ひょっとしたら、番頭の籐吉なのかもしれない）

おかよは信用できる人だと言っていた。

おかよの相談に乗っていたかもしれない籐吉がそのことを黙っているのは、『大津屋』を守るためなのだと考えれば納得がいく。

大津屋清左衛門を刺し殺した真犯人は誰なのか、籐吉はそれもうすうす知っているのかもしれない。知っていながら口を噤《つぐ》んでいるとしたら、理由はやはり『大津屋』を守るために違いない。おそらく、これ以上店の評判を落とすわけにはいかないと考えているのだろう。

そうだとすれば、清左衛門殺しの真犯人はおのずから浮かんでくる。

お園と仙次郎の共謀ということだ。

二人の仲は以前からで、お園はそれを隠して後妻に入った。しかし、清左衛門に知られたため、仙次郎が刺し殺した。そして、たまたま来合わせた房吉に清左衛門殺しをなすりつけた。房吉が手文庫の金を盗もうとしていたというのも、下手人に仕立てるためのでっち上げなのだ。

二人が自死に見せかけて房吉とおかよの口を塞いだのも、番頭の籐吉は感づいているに違いないが、やはり見て見ぬ振りをしているのだろう。

「どうかしたのかい？」

寛太が与兵衛に声をかけた。

「やけに小難しい顔してるけど」

「いや、お客も来ないし、そろそろ店じまいした方がいいかなと思ってね」

証拠もないまま寛太に話せば、すぐに笹倉の耳に入って一笑に付されてしまうか、悪くすればお園と仙次郎にも知られてしまいかねない。

あの二人が清左衛門殺しの真犯人だという動かぬ証拠を何とかして摑まなければと、与兵衛は考えていた。

「四十文だったな」

寛太が巾着から鐚銭《びたせん》を出した。

「寛ちゃんに勘定払ってもらうのは、なんだか申し訳ないな」

「いいってことさ。客がわんさか押しかけて儲《もう》けてるならおいらも払わねえけど、そうじゃねえんだからさ」

与兵衛は屋台から押しずしの包みをいくつか出してきて、

「土産に持って帰って、朝めしにでもするといい」

と、寛太に手渡した。

「いいのかい、こんなに?」

「ああ、売れ残るより寛ちゃんの家族に食べてもらう方がよっぽどいいし、きっと押しずしだって喜ぶさ」

「母ちゃんが一番喜ぶよ。めし時はいつも子供たちに遠慮して、自分は食うのを抑え気味だからさ」

寛太は押しずしの包みを抱えて帰っていった。

一刻近くかかってようやく残りの押しずしが売れたので、与兵衛は屋台を片づけて汐見橋の袂を離れた。

両国広小路まで戻ってきた時、

「与兵衛さん！　こっちこっち！」

と、まだ灯りのついている居酒屋からお涼が顔を出して、手招きした。

「お涼さん？」

お涼は与兵衛を居酒屋の中へ招き入れ、

「ここで待ってれば、帰ってくる与兵衛さんを捕まえられると思って」

と、新しい猪口に酒を注《つ》いだ。

お涼はかなりここで与兵衛を待っていたらしく、卓の上には空《から》の銚子《ちょうし》が三、四本横になっていた。

与兵衛は猪口の酒を一口呑んで、

「俺に何か？」

「大したことじゃないんだけど、今度はいつ『ゆめや』へ来るのか訊こうと思って。与兵衛さんに会いたいっていうお客さんがいらしたもんだから」

「どうして、俺に？」

「何でもね、亡くなった知り合いに与兵衛さんがよく似てると聞いたとかで」

「亡くなった知り合いに、俺が……？」

「一年近く行方知れずだったらしいんだけど、先月死んでいるのが判ったみたい」

与兵衛は動揺を押し殺して、猪口の酒を呑みほし、

「その客ってのは、どんな人かな」

と、さりげなくお涼に訊いた。

「今度江戸詰めになった小浜藩のお侍で、名前は確か矢崎左馬之助、顔に大きな傷があった。小浜藩って若狭なんですってね。知り合いというのはお侍らしいんだけど、与兵衛さんも若狭で生まれ育ったわけだから、偶然といえば偶然よね」

与兵衛は猪口の酒を呑みほして、

「江戸へ出てくる時、若狭のことは綺麗さっぱり忘れると決めたんだ。申し訳ないけど、その矢崎ってお侍に会う気はないんだ」

「やっぱりね。あたし、与兵衛さんはきっとそう言うだろうと思ってた」

と、お涼が与兵衛の猪口に酒を注ぎながら、

「義兄さんが言ってたの。与兵衛さんは故郷の話を口にしない。向こうでよほどのことがあったに違いないって」

与兵衛は黙って猪口の酒を口にした。

「義兄さんはこうも言ったわ。何があったにしろ、決して悪いことのできる男じゃな

いことは一緒にいれば判る。三十歳近い男が故郷を捨てて、心機一転、江戸でやり直そうとしてるんだ。若狭でのことは一切訊くことはせず、俺は与兵衛の手助けをするって。だから、あたしも義兄さんを見習って何も訊かない。あのお侍には適当に誤魔化しとくわね」

与兵衛はお涼に何か言いかけた。

「いいの、あたしもそう決めたの。これを呑んだら帰るわね」

「夜更《よふ》けに女の独り歩きは物騒だ。池之端まで送るよ」

「大丈夫、辻駕籠《かご》を呼んであるから」

お涼は微笑《ほほえ》みながら猪口の酒を呑みほした。

辻駕籠で池之端まで帰りながら、お涼は自分の話をしたがらないのは与兵衛だけではないと思っていた。

人には言えないような苦労をいろいろしてきた元辰巳芸者のお涼にも、隠し事がいくつかある。若狭のことは忘れたいから、同じ若狭の人間には会いたくないという与兵衛の気持ちが判る気がするのだ。

それよりお涼には、池之端まで送ると言ってくれた与兵衛のやさしさが嬉しかった。世間に胸を張れるような生き方をしてきたとは言えないお涼には、涙が出るほど嬉しかった。

尾上町の長屋へ戻った与兵衛は床についたものの、なかなか眠れなかった。

「矢崎左馬之助……」

与兵衛は口の中でつぶやいていた。

それは忘れると決めた男の名だった。

目を閉じた与兵衛の脳裏に、左頬から血しぶきをあげて昏倒《こんとう》する矢崎の姿がまざまざと蘇った。

周りには胴や肩口を斬り裂かれた武士が三人、血塗れで斃《たお》れていた。

与兵衛は思わず目を開けた。

忘れると決めた光景が与兵衛の中に再び蘇ってきた。

それは華屋与兵衛ではなく、小浜藩近習頭支配・行方政之輔の記憶だった。

文政三年（一八二〇）十二月、政之輔は矢崎たち同僚の近習四人と共に、法要のため小浜へ戻ってきた次期藩主・忠順《ただより》の警護に当たっていた。

本来は藩主の警護が役目なのだが、現藩主の忠進が参勤交代で半年前から不在だったから、小浜に残っていた近習が忠順の警護をすることになったのだ。

忠順は九代藩主・忠貫《ただつら》の実子で、忠進の養子として十一代小浜藩主となることが決まっていた。

忠進は小浜藩の支藩鞠山《まりやま》藩から当時世継ぎのなかった忠貫の養子になった。その五年後に忠貫に忠順が生まれたため、忠進の養子とすることで十一代藩主の座が約束されたのだ。

小浜藩では、二代藩主の次男への分与で支藩となった鞠山藩との間で、同様の養子縁組がこれまでにも何度か繰り返されていた。

忠進にも九歳になる実子忠義《ただあき》がおり、十二代藩主となるべく忠順の養子になっていた。

十二月下旬の夜、政之輔はその日江戸から戻った近習頭・岡部釆女正に呼ばれて、小浜でも一、二と言われる料理茶屋へ行った。

通された離れの座敷では、岡部の他に矢崎たち近習四人が同席していた。矢崎は三歳上の先輩で、他の三人はほぼ同年代だが近習としては政之輔の後輩だった。

忠順警護の慰労のためという名目だったが、実際は違っていた。

人払いをして、岡部が声をひそめた。

「明早朝、かねての打ち合わせどおり決行してもらう」

矢崎たち四人は頷いたが、政之輔には何のことか判らなかった。

「決行と言いますと？」

「忠順様は明日江戸へ戻られる。その前に、お命を頂戴するのだ」

思いもよらない矢崎の言葉に、政之輔は愕然となった。

「何ゆえ、忠順様のお命を？」

「忠順様がいなくなれば、殿のお子忠義様が晴れて次期十一代藩主の座に就かれることになる。これは、殿のご意向に添うことだ」

「殿が忠順様を亡き者に致せと仰ったのですか？」

「何も口にされずとも、私が一足先に江戸から戻ったのがなによりの証《あかし》だ。殿のご意向に添うは家臣たる者の務め、すなわち藩命だと心致せ」

政之輔は激しく逡巡した。小浜藩士として藩命を拒むことはできない。しかし、政之輔の亡父は近習として前藩主・忠貫を守っていた。その前藩主の実子に刃《やいば》を向けるのは、父に刃を向けるにも等しかった。

岡部は政之輔を見据えて、

「今日までお前に黙っていたのは、なまじ時を与えれば、律義者《りちぎもの》のお前を迷わせるだけだと判っていたからだ。この話を聞いた以上、小浜藩士として藩命を果たす以外、もはやお前に道は残されてはいないのだ」

と、否応《いやおう》はないとばかりに言った。

政之輔は無言で視線を泳がせていた。

「黙っておらず確《しか》と返答致せ」

政之輔が即答しなかったのは、答えに迷っていたからではなかった。

幼い頃から、政之輔は父と同じ近習になるべく剣の修行を積み、勉学に励んだ。元服してすぐ、父の生前から近習見習いに出て、父の死後正式な近習頭支配に抜擢された時も当然のこととして受け止め、そういう成りゆきに疑問を抱くことはなかった。だが、二十代なかばを過ぎた頃から、政之輔は何かが違うような気がしていた。その違和感を抱えたまま、近習頭支配の務めを続けてきた。

それが何だったのか、この時、政之輔ははっきり判ったのだ。

「つくづく嫌気がさしました……」

政之輔は静かに口を開いた。

「藩命を果たす以外に、生きる道がないのなら、拙者《せっしゃ》は、小浜藩士であることを、辞めることに致します」

「何だと」

岡部は驚いて政之輔を見た。矢崎たち四人にとっても政之輔の返答は意外なものだった。

政之輔は初めて自分の意志を口にしたのだ。

見習いの頃から常に藩命や君命はむろん、上役の命令に黙って従ってきた。どこかで違うと思っても、それが小浜藩士としての、武士としての務めなのだと自分を誤魔化してきたのだ。

政之輔はそれまでの呪縛から、ようやく解放された気がしていた。

「小浜藩士として申し上げているのではありません。藩命も主君の意向も、一介《いっかい》の浪人者には関係のないことです」

「禄を捨てると申すのか」

「今日限り小浜の地を離れ、二度と戻っては来ないつもりです」

政之輔は一礼して離れから出ていった。

矢崎は他の近習三人と顔を見合わせて、

「岡部様、このままにしておいてもよろしいのですか」

岡部は厳しい表情で盃《さかずき》の酒を呑みほした。

小浜城内にある組長屋に戻った政之輔は使用人たちにたくわえの中から金を渡して暇を出し、残りを持って急いで身支度を整えた。八歳で母親を流行病《はやり》で亡くし、元服後まもなく父親も病死している政之輔には近親者がなく、脱藩することで他に累が及ぶ心配はなかった。

行く先の当てはなかったが、政之輔は一刻も早く小浜の地を離れたかった。

代々近習として小浜藩に仕えてきた家臣が、藩命に背《そむ》くにはこれしか道はなかったし、政之輔はそれを後悔もしていなかった。

暗殺計画があることは隠し、藩内には、現藩主の実子をどうして次期藩主の座に就けないのかと不満を抱く者がいるので、不測の事態を避けるためにも、予定を早めて小浜を離れるようにと認《したた》めた投げ文を、江戸から忠順に随行《ずいこう》している近習に残した。

今の政之輔には、それができる精一杯のことだった。

政之輔は夜の海沿いを西へ向かった。京・大坂ではなく丹波《たんば》か丹後《たんご》まで行けば、小浜とは縁が切れるだろうと考えていた。

突然、闇の中から白刃が鋭く襲いかかってきた。

政之輔は大刀を抜きざま白刃を跳ね返し、間髪容《かんはつい》れず相手の胴を薙《な》ぎ払った。

ほとんど同時に、左右から二本の白刃が政之輔めがけて振り下ろされた。

寸前、政之輔は地を蹴りながら鋭く大刀を一閃《いっせん》した。

血にまみれて斃れ伏したのは、同僚近習の三人だった。

前方の月明かりの下に、矢崎が姿を現した。

「行方政之輔は酒の上の諍いで三名の小浜藩士を殺害した不届き者。従って、この俺が岡部様のご命令により成敗する」

政之輔の剣の腕が三名を凌駕《りょうが》していることは、岡部も矢崎も承知している。だから、あえて三名を捨て石にして、彼らは政之輔殺害の名目を捏造《ねつぞう》したのだ。

矢崎は自分の剣が政之輔に勝《まさ》っていると思っているから、政之輔殺害後、たとえ一人になっても警護の近習もろとも忠順を惨殺することは不可能ではないと考えたのだろう。

事実、若い頃から木刀での手合わせでも、政之輔は一度として矢崎に勝ったことはない。いいところまで攻め込んでも、結局最後には打ち負かされて、幾度か道場の羽目板に叩《たた》きつけられてきた。

政之輔を斬るのはさして難しくはないと思っている矢崎は、

「覚悟しろ」

と、余裕で腰の大刀を抜いた。

政之輔も大刀を手に身構えた。

二人が真剣で斗《たたか》うのは初めてだった。

対峙《たいじ》して数瞬、しだいに矢崎の顔から余裕の色が消えはじめていた。

ここ数年、政之輔とは道場での手合わせもしていなかった。近習として常に下に見てきた後輩の政之輔が、気づかぬうちに数段腕を上げていたのだ。

矢崎は初めて劣勢を感じた。

それが焦りとなった。

「死ねっ！」

矢崎は叫びざま、突き進んでいった。

余裕をもって切っ先を払いのけた政之輔だったが、岩場へ後ずさった瞬間に足を滑《すべ》らせ、ぐらっと躰が傾きかけた。

矢崎はここぞとばかりに大刀を振り下ろした。

寸前、政之輔の切っ先が横薙ぎに唸《うな》りをあげた。

左耳から左頬にかけて血しぶきをあげながら、矢崎はその場に昏倒した。

政之輔はその場を離れ、追っ手の追跡を躱《かわ》すべく西へ向かうのをやめて鯖街道へ往路を変え、明け方まで歩き続けた。

日のあるうちは人目を避けて炭焼き小屋などに身を潜め、日が落ちるのを待って再び鯖街道を歩き続けた。

熊川宿まで半里の峠に政之輔がさしかかった時、道端の雑木林から人の呻《うめ》き声が聞こえてきた。

政之輔は月明かりを頼りに、暗い雑木林の中に目を凝らした。

一本の木立の根方に、旅姿の町人が横たわっていた。

政之輔は雑草を踏み分けて駆け寄り、

「しっかりしろ。おい、しっかりするんだ」

腹部を血に染めた町人は目を開けようとしたが、瞼は閉じたままで、ほどなく息を引き取った。

空っぽの革財布が落ちているのを見ても、旅の町人が盗人の類《たぐい》に襲われたのは明らかだった。周りには振り分け荷物の中味が散在しており、「与兵衛どの」と表書きされた一通の封書があった。

死んだ町人の身許の手がかりになるかもしれないと思い、政之輔は封書を開けて月明かりの下で目を通した。

与兵衛が江戸へ出てくることを歓迎するという芳次郎からの手紙だった。

冷たい雨粒がぽつりぽつりと落ちてきた。

手紙を読み終わった政之輔の中に、ある考えが閃《ひらめ》いていた。

それは、この与兵衛という名の町人と自分が入れ替わるということだった。

幸い背丈もさして違いがないから、着衣を取り替えて大小などと一緒に埋葬すれば、仮にいつか死体が発見されるようなことになっても、容易には判別できないに違いない。元小浜藩近習頭支配・行方政之輔をこの地に葬り、これからは町人・与兵衛として生きていく。

そう心に決めながら、政之輔は目の前の骸に瞑目して手を合わせた。

みぞれ混じりの雨足が強く、激しくなってきた。

床の中で、与兵衛は自分に言い聞かせるようにつぶやいた。

「俺は、与兵衛だ……行方政之輔じゃない……俺は、華屋与兵衛なんだ……！」

外はうっすらと白みはじめていた。

六

矢崎が来ていた。

「行方政之輔に似た男には会えなかったようだな」

小浜藩上屋敷の留守居役用部屋では、岡部の前に矢崎が来ていた。

「店が閉まるまで待ちましたが、現れませんでした」

「なまじ会ってさして似ていないと判るより、会えない方がいいのではないか。楽しみは先にとっておけとも言うしな」

「そうかもしれませんね」

「で、私に話というのは？」

「例の件がどうなっているのか、お伺《うかが》いしたいと思いまして」

岡部は傍《かたわ》らの茶を一口呑んで、

「例の件というと？」

「もちろん忠順様の件です。中屋敷におられる忠順様の近習となり、ひそかにお命を頂戴する。岡部様がこの江戸へ某《それがし》をお呼びになられたのもそのため。昨年暮れの汚名を濯《そそ》ぎ、必ずご期待に添う覚悟でございます。いつから近習として中屋敷へ参ればよろしいのでしょう」

「その件は、取りやめになった」

「取りやめに？」

矢崎は訝しげに岡部を見た。

「そうだ。従って、忠順様への手出しは必要ないということだ」

岡部はこともなげに言って、また茶を口にした。

「ですが、これは殿のご意向だったのでは？」

「あの折は確かに藩命だったが、今は違う。私が江戸留守居役となり、療養中のおぬしに再三江戸へ来るよう催促の便りを送った頃とは、状況が変わったのだ」

矢崎は戸惑い顔で視線を泳がせた。

「次の小浜藩主を、ご養子の忠順様ではなく、ご自分の血を分けた忠義様に継がせたいというのが殿のご意向だったが、それは過ぎたことなのだ。忠義様はまだ御年十歳、いたずらに事を急いで藩内に波風を立てるより、必ずや忠義様に次の次の十二代小浜藩主を継がせると忠順様から確約を取ることで、殿は矛《ほこ》を収められたのだ。だから、忠順様に危害を加えるのは殿のご意向に背き、藩に反旗を翻すことになる。判っているだろうが、家臣たる者、何があろうとも藩命を守り、殿のご意向に添わねばならん。間違っても異を唱えたり、不平を口にすることは許されん」

「しかし……」

「しかし、何だ」

「これでは、某は何のために江戸へ来たのか……。あの三人は何のために死なねばならなかったのか……?」

「思い悩むことなどない。しばらく気ままに江戸見物を楽しみ、お役替えということで国許へ戻ればいいではないか」

岡部は笑顔を浮かべて矢崎に言った。

矢崎は硬い表情のままだった。


与兵衛は黙々と押しずしを仕込んでいた。

昨夜はほとんど眠っていないが、不思議とそれほど疲労は感じない。

ただ、矢崎左馬之助のことが頭から離れなかった。

一年近く経って発見された死体が行方政之輔だと断定されたのはいい知らせだったが、この先いつまでもあの矢崎を避けることはできないだろうし、会えばその瞬間から華屋与兵衛ではいられなくなる。

この一年、すし職人としての腕を磨《みが》くのと同時に、与兵衛になるためのあらゆる努力をしてきた。

大変だったのは、侍言葉を町人言葉に変えることだった。当初はともすれば侍言葉が出てしまうので、できるだけ口数を減らし、寡黙《かもく》で通した。

死んだ芳次郎もすぐに与兵衛が侍だったことに気づきながら、そのことは一度も口にしなかったのだ。

まだ完全な町人言葉にはなっていないものの、今日までどうにか華屋与兵衛としてやってこられた。

矢崎左馬之助と顔を合わせれば、それがすべて無になってしまう。

このまま姿を消せばその心配はなくなるが、それは華屋与兵衛として生きることを諦めることでもあった。

どうすればいいのか、与兵衛には答えが見つからなかった。

「いる、与兵衛さん？」

と、おとよが玄関土間に入ってきて、竈の上に土鍋を置いて言った。

「よかったら、これ、しじみ汁なんだけど食べてちょうだい。押しずしのお礼よ」

「気を遣わせて、申し訳ないな」

「いいのよ。美味《おい》しかったわ、押しずし。与兵衛さんから朝ごはんにもらったって、寛太には言われたんだけどね、我慢できずに子供たち起こして、昨夜のうちにみんな食べちゃったわよ」

おとよは笑いながら帰りかけるが、

「そうだ、忘れるとこだった」

と、戻ってきて、

「『大津屋』さんの手代の、ええと、与兵衛さんも知ってるっていう、何てったっけ、ええと」

「俺が知ってる『大津屋』の手代は仙次郎って名だけど」

「それそれ、その仙次郎って手代よ。愛宕下のお店の寮で死んでたんだって、それも首を吊《つ》って」

「あの仙次郎が？」

「与兵衛さんに言っといてくれって寛太に頼まれてたのに、今日は仕事が昼からなもんだから、つい二度寝しちゃって。土鍋はあとでお咲に取りに来させるわね」

と、おとよは戻っていった。

思いもよらない出来事に与兵衛は、驚きを通り越して面食らっていた。

お園と共謀して大津屋清左衛門を手にかけた真犯人は仙次郎で、罪を被《かぶ》せた房吉を自死と思わせるように水死させたのも、後追い自殺に見せかけて、真相を探っていたおかよの口を塞いだのも仙次郎に違いないと、与兵衛は考えていた。

その仙次郎が首を吊って死んでしまった。

どう考えればいいのか、与兵衛は混乱していた。

愛宕下の『大津屋』の寮の六畳ほどの部屋に、白布で覆われた仙次郎の遺体が安置されていた。

枕許には目をまっ赤に泣きはらしたお園の姿があった。

戸口から寛太が顔を覗かせ、

「申し訳ねえんですが、笹倉の旦那がお内儀さんからも話を聞きてえんで納戸《なんど》の方へ来てもらいてえと。まだ無理なら、旦那にそう言いましょうか」

「いえ、参ります」

お園は袖口で涙を拭って、立ち上がった。

離れの横にある納戸では、笹倉が籐吉から事情を聞いていた。

「じゃ、仙次郎は昨日から姿を消していたんだな」

「朝になっても戻ってこないので、店の者を手分けして捜させまして、ここの梁《はり》に縄をかけて首を吊っている仙次郎を見つけたんです」

「その時はもう冷たくなっていたんだな」

「はい、手遅れだったようです」

「仙次郎がどうして首を吊ったのか、お前に心当たりは？」

「それは……」

「あるんだな、心当たりが」

「ありますが、手前の口から申しあげるわけには……」

と、籐吉は視線を落として口をつぐんだ。

「お連れしました」

寛太の声がした。

納戸の中へお園が入ってきて、笹倉の前に座った。

入り口の戸を閉じて寛太はその場を離れるが、すぐに戻ってきて納戸の中のやりとりにこっそり耳を澄ました。

「仙次郎がどうして首を吊ったのか、どうやら、お内儀さんにも心当たりがありそうだな」

「そ、それは……」

お園は困ったように籐吉を見た。

「こうなったからには、お内儀さんの口から旦那に、本当のことをお話しされた方がよろしいと思います」

籐吉の言葉に後押しされたのか、お園は動揺の色で、

「仙次郎が命を絶ったのは……私のせいなんです……私が仙次郎を、死なせてしまったんです……！」

と、涙で声を詰まらせながら言った。

お園に代わって、籐吉が話し出した。

「仙次郎は『大津屋』を出て一緒に暮らそうと、お内儀さんに迫ったそうなんです。生まれてくる赤ん坊も二人の子として育てると言って。二人が以前から知り合いだったことは話しましたが、そこまで仙次郎がお内儀さんに思いを寄せていたとは、手前も思いませんでした」

「お内儀さんは何て返事をしたんだ」

「それはできないと断りました。お腹の子は『大津屋』の大事な跡継ぎです。そんなことをしたら、亡くなった主人の清左衛門に申し訳が立たなくなります」

「仙次郎がそこまでお内儀さんに思いを寄せていたなんて、私もですが、当のお内儀さんも判ってはいなかったんです」

「身分違いの恋に破れ、悲嘆のあまり首を吊ったってわけか。芝居や黄表紙《きびょうし》じゃあるまいし、馬鹿なことをしたもんだぜ」

笹倉がため息まじりに吐き捨てた。


「何も死ぬことはねえと、おいらも思うよ」

夕方、帰ってきた寛太が与兵衛の家に寄って、死んだ仙次郎の話をしていた。

「だってそう思うだろう。まだ先は長《なげ》えのに、女に振られたくらいで死んでたら、命がいくつあっても足りねえよ。もっといい女に出会えるかもしれねえんだしさ」

「仙次郎が愛宕下の寮で首を吊っていたのがよく判ったな」

「念のために寮も捜すように、番頭の籐吉が店の者に言っておいたらしいんだ。仙次郎には首を吊った跡がはっきり残ってたし、間違いはねえよ」

玄関土間にお咲が入ってきて、

「兄ちゃん、晩ごはんだよ」

「ああ」

生返事《なま》で話を続けようとした寛太の襟首《えりくび》をお咲がいきなり摑んで、上がり框《かまち》から立ち上がらせた。

「な、何すんだよ」

「母ちゃんに言われたの。兄ちゃんは長《なが》っ尻《ちり》で与兵衛さんが迷惑だから、首根っこ摑んででも引っ張っておいでって」

背丈はどっこいどっこいだが、母親似のお咲の方が力持ちだから、寛太は楽々引っ張られていった。

一緒に『大津屋』を出ることをお園に拒否されて仙次郎が首を吊ったというのは、どう考えても頷けない話だ。

仙次郎とお園は共謀して大津屋清左衛門、房吉、おかよの三人を殺した。番頭の籐吉はそれを知っていながら、店を守るために見て見ぬ振りをしている。

そう考えていた与兵衛だが、どうやら見当違いをしていたようだ。


「待て」

廊下の河合慎三郎を呼び止めて、留守居役用部屋から岡部が出てきた。

「矢崎の姿が見えぬようだが」

「矢崎さんでしたら、先ほどお出かけになりました」

「ようやく江戸見物を楽しむ気になったか」

「江戸見物でなく、行き先は『ゆめや』という池之端の小料理屋です」

「その店は、確か」

「はい、例の行方政之輔によく似た屋台のすし屋がときどき立ち寄る小料理屋です」

「矢崎がその店へ行ったのは、行方政之輔に似たすし屋に会うためか」

「たぶん、そうだと思います。矢崎さんは国許へ戻る前に、そのすし屋にどうしても会いたいと仰ってましたので」

「そうか」

用部屋へ戻った岡部は立ち止まって、不可解げにつぶやいた。

「行方政之輔に似た男にそれほどまで会おうとするとは……。矢崎左馬之助、よく働いてくれたが、そろそろ見切り時かもしれんな」

その岡部の顔が非情に歪《ゆが》んだ。

『大津屋』のある呉服町近くに出ていた屋台のおでん屋の客の中に、おとよの亭主・寛助の姿があった。

「親父、もう一杯頼むぜ」

酒を注文した寛助が一方の暗がりを見て、びっくりした。

与兵衛が佇んでいたのだ。

「は、華屋……よ、よ、与兵衛……！」

と、寛助は食いかけのおでんを丸呑みした。

与兵衛は『大津屋』の奉公人をつかまえて話を聞くつもりだったのだが、仙次郎の通夜でほとんど出払っていた。

お園と仙次郎が実際はどういう間柄だったのかが判れば、与兵衛が何を見当違いしてしまったのかがはっきりするはずなのだ。

「よう色男」

と、寛助が近寄ってきた。

「どうも」

与兵衛が頭を下げた。

肩を怒らせて精一杯格好をつけている寛助だが、背は倅《せがれ》の寛太より少し高いだけだから、どうしても与兵衛を見上げることになる。

「こんなところで何してんだい」

「ちょっとこの近くに用があるもんで」

「まさか若い女と待ち合わせじゃあるめえな。言っとくが、おとよを泣かせるような真似をしやがったら、俺が承知しねえぜ」

自分のことは棚《たな》に上げて寛助は凄んでみせた。

一方から喪衣《もぎぬ》姿のお園と籐吉、奉公人がぞろぞろ戻ってきた。

「ふん、人間見た目じゃ判らねえっていうが、本当だな」

籐吉を見ながら寛助が言った。

「知り合いですか」

「知り合いってほどじゃねえが、以前博打場で何度か顔を合わせてる」

「博打場で？」

「見かけは生真面目な大店の番頭だが、とんでもねえ。博打の好きな結構な遊び人だよ。下手の横好きってやつだけどな。それに、とりわけ若い女にゃ目がなくて、あちこちの岡場所で娘ほど年の違う女を買い漁《あさ》ってるって噂だったぜ」

女中に清めの塩を振りかけられたお園と籐吉たちが店の中へ消えた。

「さあて、俺もそろそろ帰るとするか」

「これからどちらへ？」

「どこに行くかは気分次第よ。首を長くして俺を待ってる女が腐るほどいるんでな」

どこまで本当なのか、寛助は二枚目気取りで夜の町へ消えていった。

籐吉に裏の顔があるというのは、大きな見当違いのひとつだ。

若い女に目がないというのもひっかかる。

与兵衛は一連の出来事を最初から考え直してみなければならないと思っていた。


『ゆめや』に寛太が入ってきた。

「あら、珍しいわね、一人で」

お涼が見迎えた。

「与兵衛さん、来なかったかい？」

「ここんところ顔見せてないけど」

「おかしいな。どこ行っちまったのかな。京橋の近くに『華屋』の屋台が置きっ放しに――」

「しっ！」

お涼が慌てて口に指をたてて声をひそめ、

「大きな声出したら聞こえちゃうじゃないの」

と、目顔で片隅の卓をさした。

その卓には、酔い潰れた矢崎が向こうむきで突っ伏していた。

「与兵衛さんが亡くなった知り合いに似てるとかで、どうしても会いたいって、この三日毎晩通ってきてるのよ。でも、与兵衛さんは迷惑がってるから、どこに住んでるかも知らないってことにしてるの」

「物好きな侍がいるな」

寛太も小声で言った。

「屋台を置いたまま、与兵衛さんがいなくなってるの？」

「そうなんだよ。京橋のそばに屋台置きっ放しにして消えちまったんだよ」

「どこへ行ったのかしら、与兵衛さん」

片隅の卓に突っ伏した矢崎は険しい顔で目を開けていた。

『大津屋』の寮の離れに籐吉があたふたと入ってきた。

火鉢の横でお園が独酌で酒を呑んでいた。

「遅かったじゃないの。ほら、あんたもお呑みよ」

まるで蓮《はす》っ葉《ぱ》女のような口調で、お園が盃を突き出した。

籐吉がそのお園の手から盃を取り上げ、怒るように言った。

「こんなところを人に見られたらどうするんだ」

「いいじゃないの、他には誰もいないんだから」

「ここで会うのもしばらくはやめることにしたはずだ」

「だって、日本橋の店じゃ言いたいことも言えないもの。そうでしょう」

お園が甘え声で籐吉の胸に身を寄せた。

籐吉は顔をゆるませて、

「仕様がない女《こ》だ。何をしてほしいのか、言ってごらん」

「さっさと『大津屋』を売り払ってほしいの」

「もう少し経たないと怪しまれてしまうよ」

「怪しまれる前に、二人で江戸をおさらばすればいいじゃない」

「そうはいかないよ。慎重に進めなくては、これまでの苦労が水の泡になってしまうじゃないか」

お園はぷいと籐吉から離れ、

「これ以上お腹《ほど》を大きくするのは、あたし、もううんざりなの」

と、帯を解きはじめた。

「お園、馬鹿なことをするんじゃない」

「心配しなくても大丈夫よ、誰も見てやしないんだから」

お園は帯を解くと、着物と襦袢《じゅばん》の間の腹部に入れてあった薄い綿《わた》入れを引っ張り出した。

「今でも大変なのに、五ヵ月や六ヵ月のお腹にするなんて我慢できないわよ」

「もともとお前が言い出したことなんだから、そこは辛抱してくれないと」

「あたしはお腹を大きくしただけで、誰も殺しちゃいないわよ。殺したのは、あんたでしょう。清左衛門だけじゃなくて、房吉もおかよも、それに仙次郎だって」

「お前が言い出したんじゃないか。旦那様の子を身ごもったことにすれば『大津屋』の身代がそっくり手に入ると。だから、お前の言うとおりに旦那様を殺して、房吉に罪を着せたんだ。それで済むはずが――」

納戸に通じる襖《ふすま》がスーと開いた。

籐吉とお園は息を呑んだ。

「だ、誰だ……？」

返事はなかった。

「誰なんだ!?」

怯え顔の籐吉とお園の前に、着流し姿の与兵衛がゆっくり姿を現した。

「それで済むはずが、房吉におかよ、お前たちの悪事に気づいた仙次郎まで自殺に見せかけて殺す羽目になったってわけか。若い女の色香に迷った挙句にな」

「お、お前はあの時の⁉」

籐吉が慌てて火鉢に刺さっていた火箸を鷲掴《わしづか》みにして、与兵衛に突きかかった。

与兵衛はあっさり躱して火箸を叩き落とした。

与兵衛のあまりの強さに籐吉は圧倒され、蒼《あお》ざめて息を呑んだ。

お園も視線を泳がせていたが、いきなり与兵衛に縋りついた。

「あたしはこの男に脅されたのよ。脅されて仕方なく身ごもった振りをしただけで、他には何も悪いことなんかしてない。悪いのはこの男よ。何もかもこの男がしでかしたことなの。お願いだから、こんな男の言ったことなんか信じないで」

お園は甘え声でなおも縋りつこうとした。

与兵衛は黙ってお園を突き放した。

「何するのさ！　痛いじゃないか！」

与兵衛を睨みつけて、お園が吐き捨てた。

蒼ざめたまま佇立《ちょりつ》している籐吉を見据えて、与兵衛が静かに言った。

「この女の性根《しょうね》は嫌というほど判っただろう。どう始末をつけるかは、自分で考えることだ。そのくらいの分別は、まだ残ってるはずだ」

簾吉はその場に呆然《ぼうぜん》と立ち尽くしたまま動かない。

お園が落ちている火箸を拾って、

「このまま黙って帰してしまったら、あたしたちはおしまいじゃないのさ。ぼさっとしてないで、あの男をこれで殺しておしまいよ」

と、簾吉の手に火箸を握らせた。

与兵衛は無言で離れから出ていった。

「早くしないと行ってしまうじゃないの！　あの男の口を塞ぐのよ！」

簾吉はお園を見たまま動かない。

「もう……おしまいだ……」

「情けない声出すんじゃないわよ！　これであの男を始末すれば、まだ間に合うのよ！」

簾吉は手の火箸を見据えている。

「ぐずぐずしてないで早くあの男を！」

簾吉は手の火箸をお園に向けた。

「な、何の真似よ!?」

「……おしまいにするしかないんだ……お前も、俺も……」

逃げようとするお園を引き戻して、籐吉が真顔で火箸を握りしめた。

『華屋』の屋台は京橋の袂近くに置いてあった。

屋号の入った半纏姿に戻った与兵衛が屋台を担ごうとした時、月明かりの向こうから千鳥足《ちどりあし》の侍が近づいてきた。

「やっと会えたな、華屋与兵衛」

矢崎だった。与兵衛は咄嗟《とっさ》に顔をそむけかけた。

「似てることは似てるが、所詮は他人の空似だ」

と、与兵衛を見ながら矢崎が言った。

「『華屋』のすしをひとつ貰おうか」

「へえ」

与兵衛は顔が矢崎の正面にならないようにしながら押しずしを包んだ。

町人姿ということもあるが、かなり酔っている矢崎にはこのまま気づかれずに済むかもしれない。

「あっしによく似たお知り合いがいるとか」

「今はもうこの世にはおらん知り合いだ。若狭の熊川宿近くの峠で、ほとんど白骨化した姿で見つかった。本人には逢《あ》えぬから、代わりに、似ているというお前にせめて会ってみたいと思ったのだ」

なぜ矢崎がそう思ったのか、与兵衛には理解できなかった。

顔を正面に向けないように用心しながら、訊き返した。

「どうして、代わりに、あっしに……？」

「以前は違ったが、今は、できるものなら会って詫《わ》びたいことがあるからだ」

与兵衛は思わず矢崎を見た。

「奴の気持ちが、今は、俺にも判る。白い物も黒いと言われれば黙って従い、藩命だと言われれば逆らうこともできない。あの折、つくづく嫌になったと言った奴の気持ちが、今になってようやく俺にも判った」

矢崎は屋台越しに与兵衛を見ながら、

「すまなかった。俺を許してくれ」

と、つぶやくように言って、苦笑を浮かべた。

「他人のお前に詫びても仕方がないのは判っているが、これで少しは俺の気持ちも楽になる」

矢崎は押しずしの包みを手に、夜更けの京橋を渡っていった。

あんな矢崎を見るのは初めてだった。

もしかすると、矢崎は与兵衛の正体に気づいていたのでは、という思いが頭をよぎった。

矢崎を追っていきたい衝動が突き上がってきたが、それを抑えて与兵衛は屋台を担いで家路についた。

その時、カチンとぶつかり合う刀の音が聞こえた。

与兵衛は音がした対岸に目を凝らした。

音だけでなく激しい火花がいくつも飛んだ。

与兵衛が京橋を駆け渡ると、覆面の武士数人が人気《ひとけ》のない大通りを南へ走り去っていくのが見え、堀沿いの草むらに血塗れの矢崎が倒れていた。

慌てて駆け寄って抱き起こしたが、矢崎はすでに虫の息だった。

簡単に斬られるはずのない矢崎が不覚を取ったのは、酔いのせいに違いなかった。

大通りの南端の橋を渡れば愛宕下大名小路、覆面の武士たちの行き先はおそらくそこにある小浜藩上屋敷に違いない。

詳細は判らないが、矢崎も捨て石にされたことは明らかだった。暗殺計画のことを知る最後の一人として、その口を封じるべく処置されたのだ。

矢崎は両目を見開いて与兵衛に笑いかけ、微《かす》かに唇を動かしたが、そのまま息を引き取った。

やはり、矢崎は与兵衛の正体を見抜いていたのだ。気づかない振りをして行方政之輔に、一年前の謝罪を口にしたのだ。

与兵衛は見開いたままの矢崎の両の瞼を手でそっと閉じた。


翌朝、『大津屋』の寮でお園と籐吉の死体が見つかった。

籐吉はお園を刺し殺した火箸で自分の喉《のど》を突いて絶命していた。

お園の妊娠が偽装だったと判明し、清左衛門殺しは改めて調べ直された。

笹倉たち定町廻りに代わって、奉行所の威信をかけて吟味方《ぎんみかた》が再捜査した結果、房吉の無実が証明され、おかよが自死に見せかけて殺されたことも、仙次郎が主殺しにはじまる籐吉たちの悪事を嗅《か》ぎつけ強請《ゆす》ろうとして殺されたことも明らかになった。

大津屋清左衛門にお園を後妻にするように勧めたのは籐吉だった。

場末の酌婦だったお園の若い色香に四十男の籐吉が溺《おぼ》れたことが、すべてのはじまりだったのだ。

与兵衛は今夜も屋台を担いで町へ出ていた。

「さあいらっしゃい。押しずしだけじゃねえ、温けえ蒸《ぼ》しずしもあるよ。そこの兄さん、土産に買って帰りな。間違いなくかみさんに二度惚れされるよ」

今までなかなか言えなかった客の呼び込みや売り声が、ようやく与兵衛の口から出るようになっていた。矢崎との再会で再び武士世界の非情さを目《ま》の当たりにして、武士を捨てたことは間違いではなかったと、与兵衛は改めて思っている。

年の暮れが間もない江戸の町には、小雪がちらつきはじめていた。

初夢

一

みぞれ混じりの冷たい雨が降り続いていた。
ずぶ濡《ぬ》れの与兵衛が枯れ枝の束《たば》を鍬《くわ》代わりにして、穴の中に土をかけていた。
雨を含んで泥になった土の重さで、枯れ枝がすぐに折れてしまう。
そのたびに別の枯れ枝を補充して、与兵衛は作業を続けた。
周囲は真っ暗だから、穴の中の様子も見えない。
与兵衛は必死で泥状の土をかけ続けていた。
突然、雨足が弱くなった。
雲の切れ間から月が顔を出した。
月明かりがうっすらと穴の中を照らし出した。
そこには侍姿の死体があった。
雨で土が流し落とされ、死体の顔が露《あら》わになった。
与兵衛は愕然《がくぜん》と息を呑《の》んだ。
着衣を取り替えて入れ替わったはずなのに、そこにあったのは自分の顔だった。

額《ひたい》にうっすらと汗をにじませ、与兵衛は目を覚ました。

正月二日の朝だった。

土間の炊事場《すいじば》へ行って、与兵衛は水桶《みずおけ》の水でからからになっている喉《のど》を潤《うるお》した。

「邪魔するよ」

と、寛太が上機嫌で入ってきて、

「見たかい、初夢」

「いや、夢は見なかった」

「駄目だな、一年を占う大事な初夢だってのに」

この頃も元旦から二日、または二日から三日の朝の間に見る夢が初夢だとされていて、大晦日《おおみそか》から元旦に見る夢を初夢とは言わなかった。大晦日は一睡もせずに元旦を迎える者が多かったからだろう。

正月三が日は諸大名の将軍拝謁《はいえつ》が恒例行事で、元旦は譜代大名、二日が外様《とざま》大名、三日が各大名の世継ぎと、連日江戸の町は大名行列で賑《にぎ》わう。

一方、庶民は三が日はあまり外出しない。うっかり行列を横切ったりすれば無礼討ちにされかねないし、そこまでいかなくてもかなりの罰金刑になってしまうからだ。

江戸の庶民には大晦日から寺社で年を越す年籠《としごも》りはあったものの、初詣《はつもうで》の習慣がなかったのはそういうことも一因なのかもしれない。

「おいらの初夢が何だか当ててみるかい」

「さあ、何かな」

「富士の山だよ、富士の山。一富士二鷹《たか》三茄子《なすび》の一富士がおいらの初夢さ。それも一人じゃねえ、二人で仲よく御来光を拝《おが》んでたんだよ」

「誰と拝んでたんだい」

「決まってるじゃねえか、一緒にいたのは——」

思わず言いかけたお初の名を寛太は慌《あわ》てて呑み込んだ。

「だ、だから、おいらの未来の嫁さんだよ。それが誰かは、まだ、判《わか》らねえけどさ」

表からお咲が顔を覗《のぞ》かせた。

「兄ちゃん、お屠蘇《とそ》の支度《したく》が出来たよ」

「判った」

「母ちゃんがね、与兵衛さんもいらっしゃいって」

「俺はいいよ」

「与兵衛さんが遠慮してそう言ったら、兄ちゃんと二人で引きずってでも連れといでって、母ちゃんが言ってた」

お咲は与兵衛さんを説得しろという顔で寛太を見た。

「悪いね。なにせ、うちの母ちゃんは一度言い出したらきかないからさ。来てくれねえと、おいらとお咲がどやされちまうんだよ」

「判った。お邪魔するとおとよさんに伝えてくんな」

寛太とお咲が笑顔で出ていった。

与兵衛が江戸へ来たのは去年の一月十日だったから、この尾上町の裏長屋で正月を迎えるのは初めてということになる。

手早く着替えを済ませて、与兵衛は二階建て長屋へ出向いた。

悪鬼を屠《ほふ》り長寿を願うとして、古くから正月に呑まれるお屠蘇は本来酒に漢方薬の屠蘇散と砂糖や味醂《みりん》を加えたものなのだが、江戸の庶民は酒をお屠蘇として呑んでいた。

おとよの家は小さい子が多いので薄めた甘酒がお屠蘇だった。

お盆に木製の銚子《ちょうし》と小中大の盃《さかずき》三つ、それを重ねて置く盃台、一応屠蘇器は揃《そろ》っているが、どれもほとんど漆《うるし》が剝《は》げ、ひび割れを修理した跡もあちこちにある。

お屠蘇は年の若い順に呑むと決まっているので、おとよは下の三人に小中大の盃を持たせて甘酒を注《つ》いだ。

「さあ、お呑み」

留太と〆太が争うように呑みほし、催促するようにお咲を見た。

毎年のことなのでお咲は仕様がないという顔で、弟二人の盃に自分の残りの甘酒を分けた。

留太と〆太は今度はゆっくり盃の甘酒を呑みはじめた。

「はい、兄ちゃん」

と、お咲が盃を寛太に渡した。

寛太が小声で与兵衛に、

「二十五年も経《た》ってるんだから、がたがくるのも無理はねえよ。なにせ母ちゃんと父ちゃんが三々九度《さんさんくど》の盃をあげた代物《しろもの》なんだからさ」

「寛太、余計なこと言うんじゃないの」

おとよにどやされ、寛太が首をすくめた。

「男のくせにお喋《しゃべ》りなんだから、お前は。与兵衛さん、寛太が言ったことは忘れとくれ。あれはあたしが一番後悔してることなのよ」

お咲が困惑顔で言った。

「だけど、母ちゃんと父ちゃんが三々九度の盃をあげてないと、あたしたちは生まれてきてないわけでしょう？」

「そりゃそうだよ」

「それを考えると、なんだか複雑だな」

「とにかく、お前にはね、あたしの二の舞は絶対踏んでもらいたくないのよ。あたしが今考えてるのはそれだけ」

「大丈夫よ。母ちゃんと違って、あたしは男の人を見る目はあるもん」

寛太がお咲に小声で注意した。

「馬鹿、それじゃまるで母ちゃんには男を見る目がないみたいに聞こえるだろう」

「いいんだよ、本当なんだから」

と、おとよが口を挟んで、

「お咲の言うとおり、あたしには男を見る目がないの」

「なにも自分でそこまで言わなくても」

「本当なんだからいいのよ。ほら、さっさと盃空けて、与兵衛さんにお渡し」

寛太の次が与兵衛、最後におとよがお屠蘇を呑み終えた。

「さあ、お食べ」

おとよがそう言うのを待ってましたとばかりに留太と〆太が先を争って、やはり漆の剝げ落ちた重箱に入ったおせち料理に箸《はし》をつけた。

大晦日から元旦にかけておとよが寝ずにおせち料理を拵《こしら》えたのだが、元旦は一日寝正月だったから、おとよの家では二日が正月の祝い膳になる。

享保《きょうほう》年間（一七一六〜一七三六）、八代将軍・吉宗《よしむね》が正月は貧富の差なく皆が同じ物を食するようにと言ったことで、この時代、おせち料理の具材は比較的安価で庶民にも手が届くようになっていた。

おとよの家のおせち料理には一年中まめに働けるようにという意味の黒豆、豊作を願う田作り、めでたい紅白のなます蒲鉾《かまぼこ》、喜ぶにかけた昆布巻きなどが並んでいるが、子宝祈願の干し数の子と里芋《さといも》の煮物はなかった。

二度と子供は産むまいというおとよの決意の表れだから、留太と〆太には絶対に数の子や里芋が食べたいなどと口にしないように、毎年正月にはお咲が言い聞かせている。

「それにしても、今頃どこでなにしてんだかね、あのろくでなし」

女丈夫《じょじょうふ》の躰《からだ》に似合わずまったく下戸《げこ》のおとよが、薄めた甘酒でほろ酔い気分になったらしく、自分の方から寛助の話題を持ち出した。

「最後に帰ってきたのは留太が生まれて二、三カ月した時だったから、もう五年も音《おと》沙汰《さた》なしだよ、〆太が生まれたことも知らないでさ」

「知ってるよ」

と、思わず言った寛太だが、お咲にきっと睨《にら》まれて自分の迂闊《うかつ》さに狼狽《うろた》え、

「だ、だからさ、知ってるんじゃねえかと思うんだよな、風の便りかなんかで」

「風の便りだろうと何だろうと、ウンでもスンでもないんだから、知らないも同じだよ。下手に今更のこのこ帰ってこられるより、ましだけどね」

口ではそう言っているおとよだが、内心では寛助の帰りを待っている。

寛太とお咲はそれを知っているから、おとよが父親・寛助の話をはじめた時はできるだけ素知らぬ風を装う。

寛太とお咲たちは暮れに一度だけだが、与兵衛はそのあと再度寛助に会っているわけだから、おとよに隠しているのがなんとなく後ろ暗かった。

新年の挨拶《あいさつ》を兼ねて芳次郎の墓参りに行くからと、与兵衛はおとよの家を辞去して浅草へ向かった。

帰りに池之端の『ゆめや』に廻《まわ》って、お涼に年始の挨拶をするつもりだった。

両国広小路はこの近辺を通る大名の行列がないせいか、いつもより人出が多く、猿廻しや獅子舞《ししまい》など正月ならではの大道芸も出て賑わっていた。

柳橋を渡ってから浅草専光寺までは、江戸城へ向かう大名行列には出くわさずに済んだ。

他に人の姿がなくひっそりと静まり返った専光寺の墓地で、与兵衛は芳次郎の墓に手を合わせた。

芳次郎は与兵衛を生まれ変わらせてくれた大恩人だ。

もし、町人・華屋与兵衛として生まれ変わることができなければ、あの矢崎左馬之助と同じ運命を辿《たど》っていたかもしれない。

一年前、はじめて会った芳次郎は与兵衛を別人だと見抜いた。

だが、それには一切《いっさい》触れず、素人《しろうと》同然の与兵衛にすし職人のいろはから叩《たた》き込んでくれた。

自分の死期を悟っていたに違いない芳次郎は、病身に鞭《むち》打って自分の技をすべて与兵衛に教え込みながら、半年足らずでそこそこのすし職人に育て上げてくれた。

考えてみると、この半年、一人ですし作りをする与兵衛のそばにはいつも死んだ芳次郎がいて、叱咤《しった》激励してくれていた気がする。

これからも努力を重ね、芳次郎に教えられたすし作りの腕を磨《みが》いて、一人前のすし職人だと胸を張れるようになることが自分にできる最大の恩返しなのだと、与兵衛は決意を新たにしていた。

専光寺から池之端までには大名屋敷がいくつも並んでいる。墓参りを済ませた与兵衛は池之端まで遠廻りになるのを覚悟で、できるだけ大名行列を避けて寺地のそばと町人地を通った。

池之端に着いたのは昼すぎだった。

ほとんどの店が閉じているから、人通りも少ない。正月三日の夕方近くならなければ池之端周辺にいつもの賑わいは戻ってこないようだ。

与兵衛は『ゆめや』へ向かいかけ、足を止めた。

店の中から、三十がらみの遊び人風の男が出てきたのだ。

与兵衛は『ゆめや』の常連客をすべて知っているわけではないが、この一年でかなりの客と顔見知りになった。

しかし、見たことのない顔だった。

男は手にした十両近い小判をにんまりと目で数えて懐《ふところ》に押し込むと、きちんと表戸を閉めないまま下谷広小路の方へ去っていった。

表戸の隙間《すきま》から、片隅の卓で酒を呑んでいるお涼の姿が見えた。呑んでいるというより、立て続けに酒を呷《あお》っていた。

どうやら、出ていった男はお涼にとって歓迎すべからざる客だったようだ。

与兵衛は声をかけていいかどうか迷った。

「あら、与兵衛さんじゃない」

と、お涼の方が気づいて、

「そんなとこに突っ立ってないでお入んなさいよ」

与兵衛は店の中へ入ると、改めて年始の挨拶をした。

「明けましておめでとうございます。本年もよろしくお願いします」

「こちらこそよろしく」

と、お涼も辞儀を返して、

「義兄さんのお墓にも行ったんでしょう」

「ええ、その帰りです」

「やっぱりね。本当に律儀《りちぎ》なんだから、与兵衛さんって。年明け早々お墓参りに来てもらえて、義兄さんもきっと喜んでるわ」

お涼は板場から燗酒《かんざけ》と盃を取ってきて、

「さあ、呑みましょう。与兵衛さんが来てくれてよかった。お正月から女が一人酒なんて惨《みじ》めっぽいもの」

と、与兵衛の手に持たせた盃に酒を注いだ。

「どなたかお客さんがいらしてたみたいですね」

卓の上には、お涼の盃の他にもうひとつ盃があった。

お涼は自分の盃に酒を注ぎながら、

「客は客でも、できれば来てほしくなかった客よ」

と、吐き捨てて、盃の酒を一気に呑みほした。

「できれば来てほしくない嫌な客が、突然現れて、忘れてしまっていたことを思い出させられてしまう」

お涼は酒を注ぎながら続けた。

「断りもなく向こうからずかずかやって来て、自分じゃ忘れたつもりでいても、結局忘れてなんかいないってことを、否応《いやおう》なく思い知らされてしまう。忘れようと思っても、忘れさせてくれない。何もかも綺麗《きれい》さっぱり忘れたいのに、それなのに、忘れさせてくれないのよね」

と、盃の酒を呑もうとして、

「嫌だ、あたしったら、お正月だっていうのに。ごめんなさいね、愚痴《ぐち》を聞かせちゃって。さあ、呑んで」

与兵衛の盃に酒を注いで、自分も呑みほした。

板前の佐八《さはち》と小女のおよねが年始の挨拶にやって来て、与兵衛を交えてひとしきり『ゆめや』の新年会になった。

三十代なかばの佐八は女房持ちで幼い男の子と一家三人で相生《あいおい》町の裏長屋に、十六歳のおよねも両親と下谷の裏長屋に住んでいる。

二人とも通いだから、普段お涼は『ゆめや』の二階の六畳で一人暮らしをしているのだが、与兵衛はむろんそこへ上がったことはない。

『ゆめや』から出ていった遊び人風の男が何者で、お涼とどんな知り合いなのか、与兵衛は気になっていた。

お涼はまるでやけ酒を呑むように酒を呷っていた。あんなお涼を見たのははじめてだった。

しかし、与兵衛があの男のことをお涼に尋ねることも、お涼が与兵衛にあの男の話をすることもなかった。

三日の夜から、与兵衛は商売を始めた。

屋台は千鳥《ちどり》橋の袂《たもと》に出した。

日中と違って人通りが多いわけではなかったが、近くに旗本屋敷が建ち並んでいるので、中間《ちゅうげん》などの奉公人たちが夜食に押しずしや蒸《む》しずしを買いに来るのを当て込んでいた。

火鉢で蒸しずしを温めていた与兵衛の前に、二人のならず者が近寄ってきた。

「いらっしゃい」

与兵衛が立ち上がって男たちを迎えた。

「あいにく客じゃねえんだ」

兄貴株の男が火鉢に手をかざして暖をとりながら、

「華屋与兵衛ってな、お前だな」

「素性《すじょう》はとっくにお見通しだぜ」

と、若い方の男が与兵衛を睨みすえた。

「俺に何か?」

「昔は七両二分《ぶ》が相場だった」

兄貴株の男が言った。

与兵衛が訝《いぶか》しげに見た。

「重ねて四つに斬られても文句の言えねえ間男代《まおとこ》だよ。今の相場は五両二分、人の命も安くなったもんだ。きっちり払ってもらうぜ」

「とぼけても無駄だ」

と、若い方の男が与兵衛の胸倉《むなぐら》を摑《つか》み上げて、

「お前が寛助の女房に手を出したのは判ってるんだよ」

「手荒な真似はよさねえか。俺たちはこの男と話し合いに来たんだからな」

兄貴株の男が若い男に与兵衛から手を離させ、

「寛助には博打《ばくち》の貸しがあってな、間男代で借金を帳消しにしてほしいと泣きつかれたんだよ。人の女房に手を出したお前にも非はあるんだ。尾上町の長屋へ取りに行くから、六日の夜までに金を揃えておきな。そうすりゃ、次の朝にゃ晴れて美味《うま》い七草《ななくさ》粥《がゆ》が食えるってもんだ、寛助も、お前も、俺たちもな」

と、笑いかけ、若い男を従えて去っていった。

与兵衛は気配を感じて近くの暗がりに目を向けた。

そこで様子を窺《うかが》っていた男が慌てて逃げ出していった。

月明かりにちらと見えた横顔は、寛助だった。

与兵衛は吐息をついた。

若狭から持って来た金のうち、暮らしの足しにしている分は残り少なく、五両二分にはとても足りない。他に仕入れの費用としていくらか残してあるが、それだけは手をつけるわけにはいかない。六日の夜まで金を揃えなければ、おそらく寛助はただでは済まないだろう。下手をすれば半殺しにされかねない。寛太とお咲がついた嘘《うそ》は、母親のおとよから父親の寛助を遠ざけるためだったが、与兵衛もその作り話に一枚加わった。そのことがもとで、寛助が痛めつけられるようなことは避けなければならない。

屋台を置いたまま、与兵衛の足は池之端に向かっていた。

こんな時、与兵衛が頼める相手はお涼しかいなかった。

お涼なら事情を話せば用立ててくれるか、それが無理でも金貸しに口をきいてくれるくらいのことはしてもらえると、与兵衛は考えていた。

賑わいの戻った下谷広小路を抜け、与兵衛は池之端仲町へ通じる路地を左へ折れようとして足を止めた。

前方に出来ていた人だかりが左右に割れ、その中を戸板に載せられ荒莚《あらむしろ》で覆《おお》われた死体が運ばれてきたのだ。

野次馬の囁《ささや》き声が聞こえてきた。

「色恋沙汰のもつれってやつらしいぜ」

「それにしても大の男を刺し殺すとはな」

「女ってな、恐ろしい生き物だぜ」

荒莚が風にめくれ上がり、血塗《ちまみ》れの死体の顔が覗いた。

与兵衛は驚いた。

女に刺し殺された男というのは、昨日『ゆめや』から出ていった遊び人風の男だったのだ。

続いて、後ろ手に縛られた女が町方役人数人に連行されてきた。

嫌な予感が与兵衛を襲った。

それを心の中で打ち消しながら、与兵衛は目を凝《こ》らした。

月明かりが連行されてくる女を照らし出した。

女は手を血に染めたお涼だった。

お涼はまっすぐ前を見据《みす》えたまま引かれていった。

予感が的中し、与兵衛は暗然とその場に立ち尽くした。

殺された男の名は巳之吉《みのきち》で、お涼が辰巳《たつみ》芸者だった頃からの知り合いだった。

深川の地廻りだった巳之吉は喧嘩沙汰で三年前から石川島《いしかわじま》寄場送りになっていたが、ご赦免《しゃめん》になって暮れに娑婆《しゃば》へ戻ってきていた。

北町奉行所の定町廻り同心による大番屋での取り調べで、お涼は巳之吉の殺害を認めた。

深川にいた頃に酔ったはずみでつい巳之吉と深い仲になってしまった。人気商売の辰巳芸者が地廻りと出来ているなどと吹聴《ふいちょう》されたら、たちまちお座敷がかからなくなってしまう。それを逆手にとられて、たびたび巳之吉に金をせびられていた。三年前巳之吉が寄場送りになり、お涼も芸者をやめて『ゆめや』をはじめ、やっと腐れ縁が切れたとほっとしていた。

しかし、三年ぶりに娑婆へ戻ってきた巳之吉はお涼の居場所を捜《さが》し出して、再び金を強請《ゆす》ってきた。

不忍池の弁財天に繋《つな》がる細い陸路のそばで巳之吉と会ったお涼は、評判を気にして言われるままに金を渡していた芸者の頃とは違って、二度と金を出す気はないと突っぱねた。それでも強要するならお上に訴えて出ると言うと、逆上した巳之吉は隠し持っていた匕首《あいくち》を出して脅迫したので、お涼は夢中で抵抗した。気がつくと、足許《あしもと》には巳之吉がぐったりと斃《たお》れており、自分は手に血塗れの匕首を握りしめていたとお涼は自白したという話だった。

通りがかった通行人たちが巳之吉の死体の傍《かたわ》らで匕首を手に立ち尽くしているお涼を取り押さえ、下谷の自身番へ知らせたのだ。

翌早朝、北町奉行所から入牢証文が出され、お涼の身柄は伝馬《でんま》町の牢屋敷へ護送された。

二

「お涼さんは明け方、伝馬町の牢屋敷へ送られたそうだよ」

お涼を取り調べた北町奉行所定町廻り同心の小者《こもの》から聞いた事件の顚末《てんまつ》を、寛太が与兵衛に知らせに来ていた。北町奉行所が月番なので、寛太が仕える南町奉行所定町廻り同心の笹倉惣十郎はお涼の一件には関わっていなかった。

「それにしても、とんでもねえことしちまったもんだよな。島流しは間違いねえとこだけど、下手すりゃ死罪にもなりかねねえとか」

と、寛太が昨夜の売れ残りの押しずしを頰張《ほおば》りながら言った。

「お裁きはいつ頃出るのかな」

「疑いの余地のねえ一件だし、三、四日うちには出るって話だよ」

与兵衛はお涼が話した自白の内容に疑問を抱いていた。

二日前、『ゆめや』から出てきた巳之吉は十両近い金を手にしていた。あの金を渡したのはお涼に違いない。

だが、なぜかお涼はそのことには触れず、金の要求を突っぱねたことから争いになって巳之吉を刺し殺してしまったと自白している。前日一度は巳之吉に金を渡したものの更に要求されたので突っぱねたというならともかく、お涼の自白をそのままは信じられない。

お涼は何かを隠している、与兵衛はそう直感した。

お涼が何という源氏名《げんじな》でどこの芸者置屋《おきや》にいたのか、与兵衛は知らない。義兄の芳次郎から聞いたこともなかったし、お涼本人からも聞いていなかった。

板前の佐八と小女のおよねも芸者時代の話をお涼から聞いたことがなく、源氏名も置屋の名も知らなかった。

巳之吉との腐れ縁がお涼の辰巳芸者時代の頃からなら、それを確かめるためには深川へ行くしかないと与兵衛は思った。三、四日のうちにはお涼への裁きが言い渡されるとしたら、ぐずぐずしてはいられない。

深川一の繁華街・富《とみ》ヶ《が》岡《おか》八幡宮《はちまんぐう》門前《もんぜん》町の茶屋や置屋を何軒か当たってみたが、お涼のことは何も知らないと、どこでもけんもほろろに門前払いされた。人を殺《あや》めてお縄になった元辰巳芸者の話をするのを、どこの茶屋も置屋も嫌がっているのは明らかだった。おそらく茶屋の仲居や男衆《おとこし》、置屋の奉公人にも箝口令《かんこうれい》が敷かれているに違いなかった。

お涼と巳之吉の間にどんな腐れ縁があったのか、この深川で聞き出すことはまず無理だとなかば諦めて、与兵衛は帰路についた。

小名木川に架《か》かる高《たか》橋を渡って左に折れ、大川沿いに竪川を越せば、長屋のある両国尾上町はじきだ。

そう思いながら名のとおり高く架けた高橋を渡りはじめた与兵衛は、前から来た夕餉の買い物帰りらしい乳呑児を背負った若い母親に目を留めた。

どこかで会った気がしたのだが、思い出せないまま母子《おやこ》とすれ違った与兵衛の中に、お涼の声が蘇《よみがえ》ってきた。

〈このお澄《すみ》ちゃんはね、あたしが深川にいた頃、下働きをしてくれてた人なの〉

去年の秋の終わり、与兵衛は『ゆめや』でお澄母子と会っていたのだ。

お澄は生まれて間もない赤ん坊をお涼に見せに来ていた。

それほど親しい間柄のお澄なら、芸者の頃のお涼と巳之吉のことを何か知っているかもしれない。

「ちょっと、すまねえ」

と、与兵衛は声をかけ、立ち止まったお澄に、

「確か、お澄さんだったね」

お澄は怪訝《けげん》に与兵衛を見た。

「憶《おぼ》えてねえかもしれないが、一度お涼さんの店で会った与兵衛って者だ」

お澄は与兵衛をまじまじと見て、微笑《ほほえ》んだ。

「ああ、屋台のおすし屋さんの」

高橋の袂の常盤《ときわ》町の一膳めし屋で、与兵衛はお澄から話を聞いた。

「あたしがいた頃も巳之吉って人は何度かお金を無心に来てました」

お澄は生後五ヵ月の乳呑児にめし屋で作ってもらったおもゆを食べさせながら、

「でも、巳之吉って人とどういう間柄なのか、どうしてお金を渡すのか、駒吉姐《こまきちねえ》さんは一度も話してはくれませんでした」

駒吉というのはお涼の源氏名だった。芸は売っても躰は売らず、気風《きっぷ》のよさで知られた辰巳芸者の多くが男の名を源氏名にしていた。

「駒吉姐さんがあの巳之吉って人を手にかけたなんて……」

お澄は思いがけない出来事にひどく混乱しながら、

「あたしが曲がりなりにもこうして幸せを手にできたのは、駒吉姐さんのお蔭なんです。駒吉姐さんがいなかったら、あたし、うちの人とは一緒になれなかったし、この子を授かることもなかったんです」

と、与兵衛に五年前の話を聞かせた。

その頃、お澄は芸者見習いとしてお涼がいた置屋で下働きをしていた。

お澄には二世《にせ》を誓った幼なじみの舟大工がいたのだが、親の借金返済のために芸者になろうとしていた。

それを知ったお涼が、

「思う相手と添い遂《と》げないと、一生後悔することになるわ。あんたは絶対その人と添い遂げなきゃ駄目よ」

と、お澄を諭《さと》した。

「お金のことは心配しなくていい。お金のために生き方を変えたりしたら、後悔しか残らない。絶対にそんなことしちゃいけないのよ」

お涼が借金を肩代わりしてくれ、芸者にならずに済んだお澄は晴れて幼なじみの舟大工と小名木川沿いの海辺大工町《うみべだいくちょう》で所帯を持った。

与兵衛が母子に会ったのは、所帯を持って三年目でようやく生まれた赤ん坊をお澄がお涼に見せに行った時だった。

お涼はその後がむしゃらに働いて借金を返し終え、『ゆめや』を始めた。ときどき、お澄たちの様子を見に海辺大工町へも顔を出していた。だが、自分の苦労話は一切口にせず、お澄夫婦に子供が出来るのを楽しみにしていた。

「ひょっとすると、安蔵《やすぞう》さんなら駒吉姐さんと巳之吉って人のことを何か知っているかも」

「安蔵というのは？」

お澄の話では、安蔵は門前町の茶店『大野屋《おおの》』の男衆で、お涼に会いに来た巳之吉と何度か揉《も》めていた。巳之吉が寄場送りになったのは、匕首を出して安蔵を脅したのが原因だった。

確かに安蔵は巳之吉本人からお涼とのことを何か聞いているかもしれないと、与兵衛も思った。

乳呑児がぐずり出したので、与兵衛は話を切り上げ、高橋を戻って海辺大工町へ帰るお澄母子と別れ、門前町へ引き返した。

自分の分と肩代わりしたお澄の分と合わせ、お涼はかなりの額の借金を抱えたはずなのだが、がむしゃらに働いてその借金を返し終え、しかも池之端に小料理屋『ゆめや』を出したことになる。

お涼が辰巳芸者時代の話をしたがらない理由が、与兵衛にはなんとなく判る気がしていた。

辰巳芸者は気風のよさで知られ、芸は売っても躰は売らないというのは表向きの話で、深川七場所と言われるくらい深川は岡場所が多い色町でもあり、実際は辰巳芸者の多くが芸だけではなく躰も売っていた。男の名を源氏名にしているのも、私娼《ししょう》を取り締《し》まる公儀の目を誤魔化すためだと言われている。

この一年屋台のすし屋をやってきた与兵衛は、辰巳芸者との閨話《ねやばなし》を自慢げに話す深川帰りの酔客に何度も出くわしている。

苦界《くがい》に身を置き、地獄のような日々を送っていたに違いないお涼は、そこから抜け出すために必死で頑張り、自分の躰を酷使して働きづめに働いて、ようやく這《は》い上がってきたに違いない。

だが、人を殺めればこれまでの苦労はすべて水泡に帰してしまうのだ。それなのにお涼が巳之吉を手にかけたというのが、与兵衛には納得がいかない。しかも、巳之吉に金を渡していながら、お涼はなぜかそれを隠している。

お澄を諭した時のお涼の言葉が、与兵衛はひっかかっていた。

〈思う相手と添い遂げないと、一生後悔することになるわ。あんたは絶対その人と添い遂げなきゃ駄目よ〉

それは裏を返せば、思う相手と添い遂げられなかった自分のように後悔することになると言っているように思えてならなかった。

お涼が添い遂げられなかった相手というのが誰なのか、与兵衛はそれが巳之吉殺しの謎を解く鍵《かぎ》になるような気がしていた。

『大野屋』には当たっていなかったので、与兵衛は怪しまれずに安蔵の居場所を聞き出せた。安蔵は甘い物好きで、連日店が開く前に、近くの汁粉屋に通っているらしい。

四人掛けの卓が二つだけの小体《こてい》な汁粉屋には、二人連れの女客と『大野屋』の屋号入りの半纏《はんてん》を着た安蔵がいた。

「俺も汁粉を頼むよ」

と、注文して与兵衛は安蔵の真向かいに腰を下ろした。

美味そうに口一杯に汁粉を頬張る安蔵はいかにも甘党らしく小太りで、どこか人のよさそうな四十男だった。頬張りすぎて卓の上に汁粉がこぼれ落ちると、慌ててぺろぺろ舐《な》めはじめた。

「お待ちどおさま」

女主人が与兵衛の前に汁粉の椀《わん》を置いた。

安蔵は自分の汁粉を食いきり、ちらちら与兵衛の汁粉に目をやりながら箸を置いた。

「よかったら、食ってくんな」

与兵衛が汁粉の椀を安蔵の前に押し出した。

「いいのかい？」

「ああ」

「悪いな。じゃ、遠慮なく」

安蔵は相好《そうごう》を崩して汁粉に箸をつけた。

「『大野屋』の半纏姿ってことは、あの店の人みたいだね」

「ああ」

「じゃ、お涼さんを知ってるね」

「お涼？」

「駒吉って名で座敷に出ていた」

「駒吉姐さんなら知ってるよ」

「寄場帰りの巳之吉って男を殺して、伝馬町送りになったことも聞いてるかい」

「さっき仲居連中に聞いて、びっくりしたよ」

口で言うほど、さして驚いた様子も感じさせずに安蔵は答えた。

「汁粉を奢《おご》った代わりと言っちゃ何だが、この深川にいた頃二人の間にどんな腐れ縁があったのか、それを聞かせてもらえねえかな」

安蔵が箸を止めて与兵衛を見た。

「町方にしちゃ見かけない顔だが」

「お涼さんのちょっとした知り合いでね」

と、与兵衛は一分銀を安蔵に握らせた。

「これで当分は好きな汁粉が楽しめるはずだ」

安蔵は一分銀を素早く懐へ押し込み、再び汁粉に箸をつけた。

「巳之吉は、ある米問屋の婿《むこ》養子の弱味を握ってて、それがばれればその男が養子先にいられなくなるんで、駒吉姐さんは巳之吉に口止め料を払ってたようなんだ」

「どうしてお涼さんが口止め料を？」

「詳しいことは知らねえけど、代わりに口止め料を払うのは兄貴とか弟とか、それなりの間柄なんだろう」

お涼には死んだ姉・お花の他に男の兄弟がいるという話は聞いていない。お涼とその男がどんな関係なのか確かめなくてはならないと、与兵衛は思った。

「それにしても、駒吉姐さんもとんでもねえことやらかしちまったもんだな。三年ぶりに寄場から戻った巳之吉にまたぞろ金を強請られて、かっとしちまったのも判らねえじゃねえけどな」

「お涼さんが代わりに口止め料を払ってたのは、どこの米問屋の婿養子なのかな」

「巳之吉の口ぶりじゃ、江戸でも五本の指に入る米問屋みてえだったな」

安蔵は美味そうに汁粉を頬張った。


南北の町奉行所は月番制で、一ヵ月交代で業務に当たっていた。

月番ではない町奉行所は門を閉ざして、月番の時に受け付けた出入筋《でいりすじ》（刑事・民事訴訟）や吟味筋《ぎんみすじ》（刑事訴訟）の処理業務をしていたが、定町廻り同心は月番に関係なく各町内の自身番を廻って犯罪の有無《うむ》を確かめながら市中を巡回していた。

しかし、非番の町奉行所の定町廻り同心は事件や揉め事に遭遇しても、実際の業務は月番の町奉行所へ委《ゆだ》ねるわけだからいまひとつ力が入らない。

南町奉行所の定町廻り同心・笹倉惣十郎もその一人で、昼食に惣十郎町のももんじ屋へ入ったきり夕七つ（午後四時頃）近くなっても一向に出てこない。

「一体いつまで昼寝する気なんだよ、まったく」

寒さしのぎに足踏みしながら、寛太が店の表で待っていた。

「やっぱりここだった」

と、与兵衛が歩み寄ってきた。

南町奉行所が非番の月に笹倉が行きつけのももんじ屋で昼めしをとる時は、いつも七つ近くまで待たされると、与兵衛は寛太に聞かされていた。

「相変わらず笹倉の旦那に待たされてるんだな」

「参っちゃうよ、一刻半（三時間）以上待たされてるんだから。おいらに何か用かい？」

「頼みたいことがあるんだ」

「何だい、頼みって」

「江戸で五本の指に入る米問屋を教えてほしいんだ」

「小売りはしてねえから、米問屋から米を仕入れることはできねえよ」

「米を仕入れる話じゃなくて、その中で婿養子のいる米問屋を知りたいんだ」

「婿養子のいる米問屋？　何のためにそんなこと知りてえんだい？」

「以前屋台のお客に訊《き》かれたのを思い出したんだよ」

本当の理由を与兵衛は隠した。お涼が何を隠しているのかはっきりするまでは、寛太にも話さないつもりだった。

「寛ちゃんはそういうことに詳しいから、きっと知ってるんじゃないかと思ってね」

「自慢じゃねえけど、そういうことに詳しくなきゃ定町廻りの旦那の小者は務まらねえ。笹倉の旦那は判ってるようで判ってねえことが多いから、おいらが横でいろいろ補佐しなきゃならねえのさ。ええと、江戸で五本の指に入る米問屋で婿養子が入ってるというと、確か二軒だけだな」

「その二軒というのはどこの米問屋なんだい」

「日本橋の『三河屋《みかわ》』と浅草の『但馬屋《たじま》』だよ。もっとも、『三河屋』の婿養子は六十過ぎの爺《じい》さんで、去年の夏から寝たきりだって話だ」

「『但馬屋』の方は？」

「旦那はまだ健在だけど、いずれ婿養子が跡を継ぐことになるんじゃねえかな」

「その婿養子はいくつくらいなんだい」

「三十前後だと思うよ。伊三郎《いさぶろう》って名でね、『但馬屋』のお栄《えい》って跡取り娘に惚《ほ》れられて手代から婿養子になったらしいから運のいい男だよ。二人の間には三つになる男の子がいて、お栄はもう一人身ごもってるらしい」

ももんじ屋の店の中から、

「笹倉の旦那、毎度ありがとう存じます」

と、笹倉を送り出す仲居の声が聞こえてきた。

「寛ちゃん、助かったよ」

笹倉に出くわす前にこの場を離れなければ浅草へ行くのが遅くなりそうなので、与兵衛は表通りへ急いだ。

楊枝《ようじ》をくわえながら店を出てきた笹倉が、

「あれは与兵衛じゃねえか」

と、表通りに目を凝らした。

「いいえ、違います」

「与兵衛じゃねえのか？」

「違いますって」

「人違いか。昼寝のしすぎかな」

と、笹倉は手で両目をこすった。


浅草には五十万石《ごく》が収蔵できる幕府の米蔵が大川沿いに建ち並んでいるが、この蔵の米は旗本・御家人に支給されるもので、札差《ふださし》が換金していた。江戸の米問屋が扱うのは換金目的に船で送られてくる廻米《かいまい》で、諸藩の年貢米や地方の余剰米などを自分の店の米蔵に保管して仲買いに販売し、小売りの米屋には仲買いから売られていた。

月明かりが「米問屋但馬屋」の金看板を照らし出している。

江戸で五本の指に入る米問屋と言われるだけあって、『但馬屋』は吾妻《あずま》橋に近い浅草諏訪《すわ》町に大きな店を構え、白壁造りの米蔵を五棟併設していた。

表戸を閉じた店の中では、柔和《にゅうわ》で実直な感じの婿養子・伊三郎が帳場で算盤《そろばん》（十露盤）をはじきながら台帳を点検していた。

裏に通じる細い土間から丁稚《でっち》が来て、

「お届け物です」

と、小さな包みを伊三郎の前に置いた。

「誰がこれを？」

「屋台のすし屋が若旦那様に渡してほしいと」

「屋台のすし屋？」

紙包みを開けはじめた伊三郎が驚いたように手を止めた。

「どうかなさいましたか」

「いや、寝る前につまむつもりで注文しておいたのに、すっかり忘れていたよ」

「そうでしたか」

丁稚が一礼して戻っていった。

それを確かめ、伊三郎は包みの中味に目を戻した。

笹で巻いた押しずしの上に置かれた紙片には、「涼より」と墨書されている。

伊三郎の顔には激しい狼狽《ろうばい》の色が浮かんでいた。

『但馬屋』の斜《はす》向かいにある諏訪神社の横に屋台を出して、与兵衛が火鉢で蒸しずしを温めていた。

人通りのない場所を選んだのは、その方が伊三郎も来やすいと思ったからなのだが、与兵衛の狙いは当たった。

伊三郎が他に人の気配がないのを確かめて、与兵衛に近寄ってきた。

与兵衛は立ち上がって伊三郎を見迎えた。

「やっぱりあんただったんだな、お涼さんが代わりになって口止め料を巳之吉に払っていた相手の男というのは」

伊三郎は探るように、

「お涼から、何を聞いたんだ？」

「何も聞いちゃいない。米問屋の婿養子になったあんたのために口止め料を払っていたことも、あんたとどういう間柄だったのかも、お涼さんは一言も口にせずに巳之吉殺しの下手人として牢屋敷に入ってる」

伊三郎は苦渋の色で視線を泳がせた。

「巳之吉にどんな弱味を握られていたのか、あんたから直接それを聞かせてもらいてえ。どうしてお涼さんがこんなことになったのか、俺が世話になった人の墓に報告しなきゃならねえんだ」

「話すことは、何も……」

伊三郎は逃げるように立ち去ろうとした。

与兵衛が腕を摑んで引き戻し、

「お涼さんが本当に巳之吉を刺し殺したんだとしたら、誰のためでもねえ、あんたのために違いないんだ。あんたが巳之吉にどんな弱味を握られていたのか、そいつが判らねえままじゃ、お涼さんはただの人殺しとして裁かれてしまうんだ。あんたはそれでいいのか」

と、伊三郎を見据えた。

伊三郎は弱々しく目を伏せている。

与兵衛は黙って見据え続けた。

やがて、伊三郎は重い口を開いた。

「六年前、米相場でしくじって店の金に穴をあけてしまった私のために、お涼は辰巳芸者になって金を作ってくれたんだ」

その頃、お涼は神田の小間物屋に奉公していたのだが、辰巳芸者になることで幼なじみの伊三郎を苦境から救ったのだ。

翌年伊三郎に婿養子の話が持ち上がった。そういう話があるが断るつもりだとお涼に伝えるために、伊三郎は深川へ行った。

富ヶ岡八幡宮の境内《けいだい》で会ったお涼は伊三郎に、自分のことなど気にしないで『但馬屋』の婿養子になってほしいとはっきりと言った。以前は伊三郎の嫁になるのを夢見た時期もあったが、今は伊三郎がいずれ『但馬屋』の主人になってくれる方が嬉しい、と。

だが、近くにいた地廻りの巳之吉が二人の話を盗み聞きし、それをねたにお涼を強請りはじめたのだ。

「金のために芸者になったのも、代わりに口止め料を払っていたのも、それだけお涼さんがあんたを思っていたからだと、判っていたのかい」

伊三郎はかすかに頷いた。

「お涼さんの気持ちが判っていながら、あんたは黙って金を受け取り、口止め料を払わせていたのか」

怒《こら》りが突き上げ思いきり伊三郎を殴《なぐ》りつけたかったが、その気持ちを与兵衛は必死で堪えていた。

「どうしようもなかったんだ。穴を埋めなければ手代は続けられなかったし、婿養子の身じゃ金も思うようにはならないし……お涼にはすまないと思いながら、甘えるしか、他にどうしようもなくて……」

伊三郎が目を伏せながら呻《うめ》くように続けた。

「昨夜、巳之吉に呼び出されて池之端へ行ったら、お涼が巳之吉殺しで町方に引っ立てられていくところだった……私のせいだとは判ってはいても名乗り出ることができなかった……夏にはもう一人子供が生まれてくるし、『但馬屋』から追い出されるようなことにはなりたくなくて……情けない話だが、私は何もできなかった……」

伊三郎の目からぽろぽろ涙がこぼれ落ちていた。

お涼は伊三郎の身代わりになっているのかもしれないと、ここへ来るまで与兵衛は少なからず考えていた。

だが、巳之吉を刺し殺した本当の下手人が伊三郎だという線は、これで消えた。目の前にいる伊三郎はどう見ても、そんなことのできる男とは思えなかった。

巳之吉を殺した下手人は、やはり、お涼だということなのか。

与兵衛は唇を噛《か》みしめてその場に立ち尽くした。

その夜、与兵衛はなかなか寝付けなかった。

このままでは間違いなくお涼は島流しか、下手をすれば死罪にもなりかねない。裁きの出る前にお涼を助け出す方法があるなら助け出したいという思いが、与兵衛の中にはあった。

思う相手と添い遂げなければ一生後悔すると、お涼はお澄を諭して借金の肩代わりまでしてやった。添い遂げられずにお涼が後悔していた相手の男は、伊三郎なのだ。後悔していながらその伊三郎の苦境を見過ごしにはできず、代わりに口止め料を払い続けたお涼は、娑婆へ戻ってきた巳之吉が自分だけでなく伊三郎からも金を強請ろうとしているのを知って、放ってはおけなかったということなのだろうか。

たとえそうだとしても、与兵衛はそんなお涼を責める気にはなれなかった。

伊三郎と『但馬屋』の家付き娘・お栄の間には子供がおり、夏にはもう一人生まれることをお涼は耳にしていたに違いない。生まれてくる伊三郎の子のためにも、お涼は巳之吉を生かしてはおけなかったのかもしれない。

やっと与兵衛がうとうとしかけた時だった。

突然、半鐘《はんしょう》の音が聞こえてきた。

与兵衛が褞袍《どてら》を羽織りながら表へ出た。

八軒《はちけん》長屋や棟割《むねわり》長屋、二階建て長屋の住人が木戸口に出てきて、真っ赤に染まった西の空を見上げていた。

欠伸《あくび》をしながら出てきたおとよが、

「大川の向こうだから玉池稲荷《たまいけいなり》の方じゃないかい」

「もっと左の方だよ、母ちゃん」

と、隣《となり》のお咲が否定した。

「左って？」

「だから、玉池稲荷の左の伝馬町の方よ」

「何だって⁉」

母と妹の後ろで立ちながら半分眠っていた寛太が、驚いて西の空を見上げた。

「大変だ！　火事は伝馬町の牢屋敷の方だよ！」

「牢屋敷が火事になったら、牢の中に入れられてる連中が解き放ちになると聞いたことがあるけど、そうなのかい？」

与兵衛が寛太に訊いた。

「ああ、お解き放ちと決まってるよ。三日のうちに本所回向院《ほんじょえこういん》の門前に戻れば罪一等が減じられるけど、戻ってこずにそのまま行方をくらます奴が結構いるんだ。こうしちゃいられねえや。大急ぎで笹倉の旦那に知らせなきゃ」

と、寛太は二階建て長屋へ駆け戻っていった。

「解き放ち……」

与兵衛は口の中でつぶやきながら真っ赤な西の空を見上げていた。

三

牢屋敷には町奉行所が捕らえた者だけでなく、勘定奉行所や火付け盗賊改めによって捕縛された囚人もおり、この夜の出火時は四百人近い囚人が投獄されていた。死罪に相当する囚人は縄を打たれて安全な場所へ移され、それ以外の囚人が三日後の帰還を条件に解き放たれた。

火災の原因は牢屋敷の牢屋同心が暖をとるために使っていた火鉢の不始末で、消火には手間取ると考えて規則どおりかなりの囚人が解き放ちになり、その中には火元に近い女牢の女囚たちも入っていた。

明け方、表戸を板で打ち付けられ立ち入り禁止になっている『ゆめや』の裏手に、与兵衛が忍び寄ってきた。

勝手口の戸をこじ開けて、与兵衛は中へ足を踏み入れた。

板場と店内には人影はない。

与兵衛は小さな階段を二階へ上がった。

上がってすぐが三畳の納戸で、与兵衛はその奥の部屋の襖《ふすま》をそっと引き開けた。

六畳の部屋の中では、お仕着せ姿のお涼が与兵衛が上がってきたことにも気づかず、丹前《たんぜん》を布団《ふとん》代わりにして死んだようにぐっすり眠っていた。

牢屋敷ではおそらく一睡もしていなかったのだろう。

与兵衛は押し入れから掛け布団を出してそっと掛けると、一階へ下りてお涼が目を覚ますのを待つことにした。

三日の余裕がある。ひそかにお涼を江戸から逃がすことは、そう難しいことではないという気がしている。世話になった芳次郎への恩返しのためにも、どんなことをしてもお涼を助けると与兵衛は心に決めていた。

お涼がただの人殺しとして裁かれることが、与兵衛は納得できなかった。

必死で頑張って苦界を抜け出してこの店を出すまでになったお涼は、伊三郎を取り戻すことができたはずなのだ。

手代の時に相場のしくじりで店の金に穴をあけたことが発覚して、伊三郎が『但馬屋』にいられなくなったとしても、お涼なら面倒を見られた。添い遂げられずに後悔してきた伊三郎と晴れて添い遂げ、一緒に暮らせたに違いない。

しかし、お涼はそうはしなかった。

そうしなかったのは、たぶん、自分がもうかつてのお涼ではなくなっていると思っていたからではないだろうか。伊三郎と添い遂げることを夢見ていた純粋で汚れのないお涼ではもうないのだ、と。

伊三郎とのことは一言も口にしないまま、巳之吉殺しの下手人として裁きを受けようとしているお涼をこのまま手をこまねいて見ていることなど、与兵衛にはできない。

杓子定規《しやくしじようぎ》な武士の世界を生きていた時は、女の気持ちが判らなかったし、あえて判ろうともしなかった。だが、今は哀《かな》しい生き様を貫《つらぬ》こうとしているお涼の気持ちが痛いほど判る。町人として生きてきたこの一年の間に、与兵衛は確実に変わってきていた。

いつの間にか与兵衛は卓に肘をついてうたた寝をしてしまった。

とんとんとんと俎板《まないた》を叩《たた》く包丁の音がした。

与兵衛が目を覚ました。

板場で着物に前掛け姿のお涼が、包丁で味噌汁に入れる葱《ねぎ》を刻んでいた。

「お涼さん……」

与兵衛が立ち上がろうとすると、

「そのまま腰掛けてて。与兵衛さんと一緒に朝ごはん食べようと思って」

お涼は竈《かまど》から下ろした土鍋に刻んだ葱を入れ、炊《た》きあがっためしの蒸れ具合を確かめて、

「出来たわ」

炊きたてのめしと豆腐の味噌汁、おかずはおせち料理の残りという朝食に、与兵衛とお涼は向かい合わせで箸をつけた。

食事の間、お涼は黙って箸を動かしていた。

巳之吉殺しに触れられるのを避けているのは明らかだった。

与兵衛も何も言わずに食べた。

急にお涼が口を開いた。

「あたしね、与兵衛さんに頼みがあるの」

与兵衛はお涼を見た。

「明後日、回向院へ行く時、与兵衛さんのとこに寄って、押しずしを食べさせてもらってもいいかな」

「押しずしを?」

「尾上町は途中だし、与兵衛さんの押しずしを食べたら、あたし、もう思い残すことはないから。頼みをきいてもらえるかしら」

「その頼みはきけないよ。お涼さんを回向院へ行かせる気はないんでね」

お涼は驚いて与兵衛を見た。

「今日にも江戸を抜け出して、俺がお涼さんを安全な土地へ送り届ける」

「そんなことしたら、与兵衛さんもただじゃ済まなくなってしまうわ」

「俺のことより、お涼さんはもっと自分のことを考えるんだ。伊三郎って男のためじゃなく、自分のために生きることを考えるんだよ」

与兵衛の口から伊三郎の名が出たことに、お涼は動揺していた。

「伊三郎本人に会って、話を聞いた」

「あ、あたしは……」

「あの男にも判ってたよ、お涼さんが巳之吉を殺してしまったのは自分のせいなんだってことが」

「伊三郎さんがそう言ったの……？」

「はじめは巳之吉を殺したのはあの男で、お涼さんは身代わりになったに違いねえと思ったけど、そうじゃないと判ったよ。お涼さんはあの伊三郎って男の今の暮らしを守るために、心ならずも巳之吉を手にかけてしまったんだな」

お涼は顔に安堵《あんど》の色を浮かべて、

「よかった……巳之吉を殺したのは、伊三郎さんじゃなかったのね……本当によかった……」

「お涼さん……！」

与兵衛は驚き、そして、ほっと胸を撫《な》で下ろした。

当初、与兵衛が思っていたように、やはりお涼は伊三郎の身代わりになろうとしていたのだ。

「あたし、てっきり巳之吉を殺したのは伊三郎さんだとばかり思って、だから、町方の旦那に殺したのはお前だなと言われた時に頷いたの。伊三郎さんの代わりに下手人になるつもりだった、今のあたしにできることはそれしかないと思って」


あの夜、お涼は巳之吉からの投げ文で弁財天へ呼び出された。投げ文には伊三郎も来ると書いてあった。

月明かりの下、弁財天に繋《つな》がる不忍池の陸路を渡ろうとして、お涼は何かに躓《つまず》いて危うく転びかけた。

見ると胸元を血に染めた巳之吉の死体だった。

死体のそばには血塗れの匕首が落ちていた。

「伊三郎さん……！」

お涼は辺りを捜したが、伊三郎の姿はなかった。

――巳之吉を刺し殺したのは伊三郎に違いない。

――しかし、伊三郎を人殺しにはできない。

そう思いながらお涼は血塗れの匕首を拾って握りしめ、その場を動かなかった。どのくらい経ったか判らないが、気がつくと御用提燈《ぢょうちん》が周りを取り囲んでいた。


「伊三郎さんじゃないんだとしたら、一体誰が、巳之吉を？」

と、お涼が与兵衛に問いかけた。

「芸者の頃、はずみで深い仲になったことで強請られていた上、三年ぶりで娑婆に戻ってきた巳之吉にまた金を要求されて突っぱねたことから争いになったと、お涼さんは巳之吉殺しを自白したことになってる」

「あたしはただ町方の旦那の話に黙って頷いただけなの。巳之吉と深い仲だったなんて言ってないわ」

「それじゃあ、金を強請られたことから争いになったというのも、お涼さんが言っちゃいない作り話ってことかい？」

「町方の旦那がそう言うなら、伊三郎さんのことを隠しておけるし、あたしはそれで構わないと思って」

「妙だな。町方がどうしてそんな作り話を……？」

与兵衛は考え込んだ。


解き放ちになった囚人が騒ぎを起こしたり悪事を働くのを防ぐために、江戸の町には普段より多くの町方が出ていた。

南町の笹倉と小者の寛太も、いつもの見廻り区域の警戒に当たっていた。

「そろそろ昼めしにするか」

「早すぎますよ。まだ腹の中に朝めしが残ってるんですから」

「俺は何も残っちゃいねえ。残ってるのは腹の虫だけだ」

「けど、まだ四つ（午前十時頃）前なんですよ」

「いつものもんじ屋にいるから、何かあったら知らせな」

「昨日行ったばかりですよ」

「腹の虫がまた行きてえと鳴いてるんだよ」

寛太は呆《あき》れ顔で笹倉を見送りながら、

「仕様がねえな、どうせ夕方までももんじ屋で昼寝なのは見え見えなんだから」

背後から、

「寛ちゃん」

と、与兵衛が近寄ってきて、

「ちょっといいかな」

「構わねえよ、笹倉の旦那は当分戻ってきそうもないし。おいらに何の用だい」

「お涼さんを取り調べたのは、北町の何ていう旦那なのかなと思ってね」

「山村六兵衛《やまむらろくべえ》って旦那だけど」

「どんな人なんだい？」

「見た目は笹倉の旦那ほど強面《こわもて》じゃねえけど、中味は五十歩百歩かな。強い者には弱く、弱い者には強い。本当は気が小さくて、袖《そで》の下は取り放題のくせして、結構金には細かくてさ。けど、どうしてそんなこと訊くんだい？」

「お涼さんは『ゆめや』に戻ってると思ったんだが、戻っていないんだ。お涼さんがどこに身を寄せてるのか、その旦那に何か心当たりがないかと思ってね」

「もしかしたらお涼さんから何か聞いてるかもしれねえよ。おいらも一緒に行ってやりてえけど、見廻りの最中だからな」

「いや、それはいいんだ。その代わり、山村って旦那がどの辺りを見廻ってるか、教えてくれないかな」

北町奉行所定町廻り同心・山村六兵衛は小者を従えて、神田佐久間町を巡回していた。山村の担当は外神田から下谷一帯なのだが、武家屋敷や寺社が多く町人地は少ない。だが、少ない町人地の中には人出の多い下谷広小路があり、あちこちから袖の下が結構集まってくる。

「これで昼めしにしな」

山村が分厚い革財布から朱銀を渡して小者と別れ、一方に見える老舗《しにせ》の料理屋に向かった。南町の笹倉惣十郎と同じで、三十俵二人扶持《ぶち》の町方同心ではとてもできない贅沢《ぜいたく》が、定町廻り同心には当たり前になっているらしい。

横合いから、与兵衛が歩み寄ってきた。

「山村の旦那ですね」

「誰だ、貴様」

「与兵衛と申します。実は是非とも旦那にお尋ねしたいことがありまして」

「俺に何が訊きてえんだ」

「旦那がお縄にしたお涼さんのことで、腑《ふ》に落ちねえことがあるんで」

「お涼？」

「巳之吉って男を刺し殺した下手人として、旦那が伝馬町の牢屋敷へ送ったお涼です」

「あの女か。どんな関係か知らねえが、町人のお前が口を出すことじゃねえ」

と、山村は構わず行きかけた。

与兵衛が立ち塞《ふさ》がった。

「いいんですか、このままじゃ旦那はとんでもねえ間違いをやらかしたと世間の笑いものになりますぜ。いや、それだけじゃ済まねえ、事と次第によっちゃ定町廻り同心じゃいられなくなることに」

山村の顔に動揺の色が浮かんだ。

「お、俺が、どんな、ま、間違いをしたというんだ」

「旦那がお縄にしたお涼さんは巳之吉を殺しちゃいないってことです」

「寝ぼけたことを言うな。あの女も巳之吉殺しを認めたんだ」

「こう言っちゃあなんですが、寝ぼけてるのは旦那の方じゃないですかね」

「な、なんだと！　町方同心を愚弄《ぐろう》すると、た、ただでは済まさんぞ！」

山村は今にも腰の大刀を抜かんばかりに激怒した。だが、手が震えているのは、怒りばかりではない証拠だ。

「かっかする前に、もう一度よく思い出してみてください。本当にお涼さんは殺しを認めたんですかい」

「そ、そうとも。深川にいた頃から、巳之吉には深い仲になったことを逆手にとられて強請られていた。三年ぶりに娑婆へ戻ってきた巳之吉にまたぞろ金を強請られ、それを突っぱねて争いになり、巳之吉を刺し殺したとな」

「お涼さんが自分からそう言ったんですか」

山村は何かを思い出すように少し困惑顔になったが、

「あ、あの女の方から言ったというわけではないが、本人が認めたんだから間違いない」

「死体を見て動顛していたお涼さんは、旦那の話にただ頷いただけなんじゃないんですかい？」

「う、頷いたということは、つまり巳之吉殺しを認めたということだ」

与兵衛は山村を見据えて断言した。

「旦那は嘘話でお涼さんをお縄にしたってわけだ」

「う、嘘話だと」

「そうですよ。お涼さんが巳之吉と深い仲だったって話も、巳之吉を殺したって話もみんなでっち上げなんです。伝馬町の牢に戻ったら、お涼さんは、今度はすべてを話す気です。そうなると、旦那の立場がまずいことになるんじゃありませんか」

「し、しかし……」

山村は完全に落ち着きを失って目を泳がせた。

「判ってるんですよ。旦那がでっち上げたわけじゃなく、誰かにそう聞かされた。そうですね」

山村は蒼《あお》い顔で頭を縦に振って、

「あの夜、下谷の自身番にお涼という女が人を刺し殺したと、そいつが知らせてきたんだ。お涼とは知り合いだから、できれば表に出たくない、自分のことを黙っていてくれるなら、その代わり二人の関係を残らず教えると」

「そいつから聞いた嘘話を、そのままお涼さんにぶつけたわけですね」

山村は力なく頷いた。

嘘話を山村に吹き込んだのが誰か、与兵衛には察しがついていた。

行きつけの汁粉屋で、安蔵が汁粉を食べていた。

「もう一杯くんな」

と、追加注文して、安蔵は汁粉の残りを口一杯に頰張った。

店土間にちゃりんと何かが転がった。

女主人が拾い上げると、鐚銭《びたせん》を包んだ投げ文で、『安蔵さまへ』と宛名書きされていた。

「安蔵さんに投げ文みたい」

「俺に？」

女主人が安蔵の前に置いて、

「隅に置けないんだから」

と言って、板場へ戻っていった。

安蔵は満更《まんざら》でもない顔で投げ文を広げた。

『八幡様裏手でお待ち申し上げ候《そうろう》　駒吉』と書かれてあった。

安蔵は険《けわ》しい顔で投げ文を握り潰した。

日が落ちはじめた富ヶ岡八幡宮の裏手には人影がなかった。

安蔵がやって来て、辺りを見廻しながら親身な口調で呼びかけた。

「駒吉姐さん、こんなところにあっしを呼び出して、一体どうなさったんです」

その安蔵の手は、懐に隠し持った匕首を握りしめていた。

いきなり、与兵衛が姿を現した。

「あ、あんたは昨日の？」

「巳之吉を殺したのは、お前だな」

与兵衛がずばりと言った。

「馬鹿なことを言いなさんな。巳之吉を殺したのは駒吉姐さんだ。だから、伝馬町送りになったんじゃないか」

「北町の山村って旦那が、嘘話に乗せられてお涼さんが巳之吉を手にかけたと思い込んだことは、お前が一番よく判ってるはずだ。嘘話をでっち上げたのは、お涼さんは伊三郎のために黙って巳之吉殺しの罪を被《かぶ》ると読んだお前なんだからな」

「なんだと」

安蔵は顔を歪《ゆが》めた。

「考えたぜ、お前がどうして巳之吉を殺したのか、その理由をな」

与兵衛は安蔵を見据えて続けた。

「三年ぶりに寄場から戻った巳之吉をお前がそそのかして、お涼さんを強請らせたに違いねえ。下手を打てば、巳之吉は次は島送り間違いなしだ。娑婆へ戻ったばかりで自分から危ない橋を渡ろうとはしないはずだ。お前が巳之吉を引きずり込んだんだ。そして、纏《まと》まった金を強請るつもりでお涼さんと伊三郎を投げ文で呼び出したんだ」

安蔵は薄嗤《うすわら》いを浮かべ、開き直ったように与兵衛を睨んでいる。

「お前が巳之吉を殺したのは、おそらくやりすぎだと反対されたか、取り分で揉めたからに違いねえ。巳之吉の死体を前に、お涼さんが殺したのは伊三郎だと思い込んでると気づいたお前は、これ幸いとばかりに下谷の自身番へ駆け込んだんだ。違うかい」

「うるせえ！　くたばりやがれ！」

安蔵は匕首を抜き放って襲いかかった。

与兵衛は切っ先を躱《かわ》して、安蔵の腕を押さえて、

「お前が伊三郎の名を出さなかったのは、次の強請りの標的にするつもりだったからだろう」

「な、なに」

「図星のようだな」

「く、くそっ！」

安蔵は与兵衛の手を振りほどくと、やみくもに突きかかった。

だが、与兵衛に匕首を奪われ、足を払われてもんどり打って転がった。

与兵衛は倒れている安蔵の胸倉を摑みあげて、匕首の切っ先を喉元に突きつけた。

安蔵の顔は怯《おび》えで蒼ざめた。

「この先も伊三郎の名は出すな。出せばお前の罪は重くなって、間違いなく死罪だ。嘘話のついでに、巳之吉とは金の分配で仲間割れして、揉み合いになって刺してしまったとだけ白状するんだ。そうすれば、死罪は免《まぬが》れて島流しで済むだろう」

安蔵は何度も頷いた。


山村が小者と駆けつけてきた。

八幡宮の横手では与兵衛が待っていた。

「巳之吉殺しはやっぱり安蔵でしたよ。もっとも、殺しといっても実際は揉み合いの末の事故だったようです」

「安蔵はどこだ」

「この先です」

山村が頷いて裏手へ行こうとするのを、

「旦那」

と、与兵衛が呼び止め、小者から離れた場所へ促《うなが》して小声で言った。

「安蔵がまたぞろ嘘話をでっち上げるかもしれませんからね、巳之吉殺し以外の話には耳を貸さない方がいいと思いますよ」

「判ってる」

「それから、お涼さんのこともなかったことにした方がいいんじゃないですかね」

「なかったこと？」

「旦那はとんでもない間違いをしたんですから、このままじゃお役御免になりかねないわけだし、旦那の首が飛ばずに済む手を考えなきゃ」

「そ、そんなうまい手があるかな」

「ありますよ。お奉行所での取り調べもお裁きもまだなんだから、お涼さんをお縄にしなかったことにするんですよ」

「しかし、奉行所からお涼の入牢証文が出てるし、たった一日とはいえお涼は牢屋敷の女牢に入っていたわけだし、簡単にお縄にしなかったことには……」

「旦那の革財布、袖の下で相当膨《ふく》らんでるんでしょう」

「そ、それは、まあ」

「そいつを使い廻すんですよ。火事騒ぎで大変な時だし、袖の下を握らせれば入牢証文もお涼さんが女牢に入っていたことも、きっと綺麗さっぱり忘れてもらえると思いますよ」

「袖の下の使い廻しか。うむ。確かにその手はあるな」

山村が小者を従えて八幡宮の裏手に駆けつけると、松の大木に縄でぐるぐる巻きに縛り付けられた安蔵が腑《ふ》抜《ぬ》けたように項《うな》垂《だ》れていた。

北町奉行所の上役の与力や入牢証文を出した与力、伝馬町の牢屋同心などへの山村の袖の下の使い廻しの効果は覿面《てきめん》で、火事騒ぎ後の減刑手続きなどの繁雑さも重なって、お涼の捕縛と入牢はうやむやなうちになかったことになり、伊三郎の名が表に出ることもなかった。

与兵衛は何もおとよたちには話さなかったし、お涼本人ともそのことに触れることはなかった。

そんな与兵衛に、お涼は深く感謝していた。

ただ、寛太だけは与兵衛に首を傾《かし》げた。

「あの時、確かにお涼さんが自白したって聞いたんだけどな」

「お涼さんはかなり酔ってたらしくて、自分が何を言ったのか、まるで覚えてないそうだよ」

「それで山村の旦那が間違えてお縄にしちまったってわけか」

「そんなところじゃないのかな。お涼さんも無事に戻ってきたわけだし、山村の旦那が間違えてお涼さんをお縄にしたことは、俺たちも忘れてあげよう。本人も何もなかったってことにしたいみたいだしね」

「笹倉の旦那も、他人事《ひとごと》とは思えねえみたいで、忘れてやるのが武士の情けだって言ってるし、判った、おいらも忘れることにするよ」

寛太もやっと納得し、正月早々に起きた伝馬町の火事騒動が思いのほか大きかったこともあり、お涼の事件は人々の口にのぼることもなくなっていた。

正月六日の夜、与兵衛は新場《しんば》橋の日本橋側に屋台を出していた。

少し冷え込むせいか、温めた蒸しずしが売れ、押しずしにはなかなか買い手がつかなかった。

近寄って来る客の気配に、

「いらっしゃい！」

と、与兵衛が振り返った。

客だと思ったのは、寛助だった。

六日の夜までに間男代五両二分を揃えておけと言われていたことを、与兵衛はすっかり忘れていた。

代わりに寛助が金を受け取りに来たに違いない。

「五両二分全部とはいかないけど、家に二両近くはあるから、戻って取ってきます」

与兵衛は前掛けをはずしながら行こうとした。

「戻るには及ばねえよ」

と、寛助が止めた。

「それじゃ、寛助さんが困るんじゃ」

「博打の借金は耳を揃えて返した」

「返したって、どこからそんな金を？」

「待てば海路の何とかって言うだろう。俺にもやっとつきが廻ってきて、出る目出る目がどんぴしゃ。今夜は久しぶりの大勝ちだ」

寛助は懐から二分金を出して、

「うちの連中にすしを届けてくんな」

「二分じゃ多すぎますよ」

「寛太以外は大食いが揃ってるんだ。これでも足りねえ時は、あとで言ってくれ。不足分はちゃんと払うぜ」

と、去りかけた寛助が戻ってきて、

「俺からだってことは内緒にしといてくれ。俺はもうあいつらとは赤の他人だ。頼んだぜ」

「判りました」

寛助は鼻歌まじりで肩で風を切るように去っていった。

姿は見えなくなったが、連発するくしゃみが聞こえてきた。

精一杯格好をつけてはいても、内心では家族のところへ帰りたいと思っているのが判るだけに、与兵衛は複雑な気持ちで寛助を見送った。

「ここで商売をしていたのか」

そこへ小浜藩江戸詰めの若侍・河合慎三郎が笑顔で歩み寄ってきた。

「どうも」

与兵衛が頭を下げた。

「押しずしを二人前頼む」

「二人前、ですか」

「ひとつは私の分だが、もうひとつはお留守居役・岡部采女正様の分なのだ。前から華屋与兵衛のすしを一度食べてみたいと言われていてな」

「すぐお包みします」

与兵衛は押しずしを包みはじめた。

「そうだ。お前に会いたがっていた人が暮れに亡くなられたんだ。お前に会わせてあげたかったのに、残念だ」

与兵衛が押しずしの包みを差し出した。

「お待たせしました」

慎三郎は代金を払って包みを受け取り、

「岡部様がきっと喜ばれる」

と、包みを手に帰っていった。

与兵衛が知っている岡部采女正は国許で近習頭《きんじゅがしら》だった。

若狭でのことは忘れたつもりでいる与兵衛だが、岡部采女正の名はどうしても忘れきれない。

一昨年暮れの忠順暗殺計画がいつの間にか立ち消えになっているのは、小浜藩の方針が変わったからに違いない。藩の方針が変わるというのは、藩主の意向が変わったということだ。

岡部釆女正は江戸留守居役として、これまで以上に藩の方針や藩主の意向に添うように徹底するはずだ。たとえどんなに理不尽でも、正義がなくても、そして、何人の小浜藩士を犠牲にしてでも。

藩主の意向が変わり、藩の方針が簡単に違ったものになったことで、これまでの自分の生き方に疑問を抱くようになった矢崎左馬之助も、おそらく藩の機密を守るためには危険な存在として抹殺したに違いない。

同じように、死んだはずの元小浜藩近習頭支配・行方政之輔が生きていると知れば、間違いなく岡部釆女正は刺客《しかく》を放ってくるはずだ。

自分は、果たしていつまで華屋与兵衛として生き続けることができるだろうか、と与兵衛は自問した。

（いや、行方政之輔は若狭の山中で死んだのだ。死体も発見された今、俺はまちがいなくすし職人の与兵衛だ。華屋与兵衛なんだ）

与兵衛は心の中で繰《く》り返した。

偽名

一

立春からひと月近く経《た》つと江戸の町でも梅の蕾《つぼみ》が開きはじめ、二月もなかばを過ぎた頃には鶯《うぐいす》の鳴き声が聞こえ、ようやく春らしいうららかな陽気になる。

与兵衛は朝から家の前で屋台の模様替えをしていた。

冬場はそこそこ売れた蒸《む》しずし用の火鉢や鍋、蒸し籠《かご》を片づけ、布切れで屋台の汚れを丹念に隅々まで拭《ふ》き取っていく。その分軽くなった屋台には押しずしを多めに用意できるのだが、与兵衛はどうしたものかといささか頭を悩ませていた。

去年の春、亡くなった芳次郎は押しずしを多めに用意したものの、期待したほど売れ行きが伸びず、結局売れ残ったかなりの押しずしを、与兵衛と手分けして『ゆめや』やおとよ一家、長屋の連中に配ることになってしまった。

慎重に増やす量を決めなければ、今年も同じ失敗を繰《く》り返すことになる。黙っていても売れる安くて美味《うま》い押しずしを作れればそんなことで悩まずに済むのだろうが、残念ながらまだまだそこまでのものが作れていないことは、誰よりも与兵衛が一番よく判《わか》っている。

八軒《はちけん》長屋の狭い路地に大八車を引いて入ってきた男が、五軒目の家の前で止まりかけた。

「違う違う、そこじゃないの、奥から三軒目よ」

と、おとよが怒鳴りながら追ってきて、

「だから、もう一軒先の空き家よ。そうそう、そこ」

男は与兵衛の家の隣《となり》の隣の前に止めた大八車の荷物を、空き家の中へ運び込みはじめた。

中古の夜具一式と鍋・釜・箱膳などの簡単な所帯道具、それに大きな風呂敷包みが一個だけだからすぐに運び終え、男は空《から》になった大八車を引いて帰っていった。

「ご苦労さま」

と、おとよが男に声をかけて、与兵衛に歩み寄り、

「荷物は届いたけど、本人の引っ越しは夕方になるらしいのよ。だから、代わりに立ち会ってくれって大家さんに頼まれちゃって」

「今度の住人は独り者のようだね」

「あら、よく判るわね、与兵衛さん」

「引っ越しの荷物を見れば誰でも判るよ」

「それもそうか。大家さんの話じゃ独り身のご浪人で、名前は、ええと、何だっけ、嫌だ、さっきまで憶《おぼ》えてたのに」

「母ちゃん」

と、お咲が大きめの弁当包みを手に駆け寄ってきた。

「ちょうどよかった。今度越してくるご浪人さん、何て名だっけ？」

「相馬大作《そうまだいさく》」

「それそれ、相馬大作だわ」

「そんなことより母ちゃん、急がないと仕事に遅れるわよ」

「判ってる。じゃあね、与兵衛さん」

「忘れ物！」

と、行きかけたおとよにお咲が弁当包みを差し出して、

「お昼抜きじゃ、母ちゃん、また倒れちゃうでしょう」

「そうだったね」

おとよがばつ悪そうに弁当包みを受け取って、あたふたと出かけていった。

「母ちゃん、一度普請場《ふしんば》で倒れちゃったの」

「その時も弁当忘れたんだ」

「ううん。忘れたんじゃなくてわざと持って行かなかったの、痩《や》せたいからお昼抜きにするって。判ってないのよね、自分のことが。母ちゃんも兄ちゃんも、本当に世話が焼けるんだから」

お咲は大人びた愚痴《ぐち》を言ってため息をついた。

「寛ちゃんがどうかしたのかい？」

「昨夜《ゆうべ》から一睡もしないで浮かれてるの。今日はお初ちゃんと二人で一緒に買い物に行くことになってるって。でもね、昨日の昼間お初ちゃんが来て、お父っつぁんの具合がよくなくて当分行けそうもないから、兄ちゃんに伝えてほしいって」

「寛ちゃんにはまだ言ってないのかい」

「言おうと思ったんだけど、母ちゃんがね、熱出して寝込むかもしれないから黙ってなさいって。躰《からだ》も小さいけど、肝っ玉も小さいから。そうだ、これから戻って兄ちゃんに言うから、あとは与兵衛さんが何とかしてくれないかな」

「何とかしてくれと言われてもな」

「別にふられたわけじゃないんだから、もっとしゃきっとしろとか何とか言ってくれればいいのよ。与兵衛さんに言われれば、兄ちゃんも少しはしゃきっとすると思うんだ」

「そう言われても」

「お願い、ね」

お咲に手を合わされ、与兵衛は仕方なく頷《うなず》いた。

去年十一月に口にした与兵衛の作り話を寛太が真に受けたことから始まったわけだから、考えてみると与兵衛にも責任はなくはない。

少し間を置いてから二階建て長屋へ行くと、お咲が玄関土間で待っていた。

「兄ちゃん、下へ降りてこない。かなり落ち込んでるみたい」

「判った」

与兵衛は狭い階段を上がっていった。

「子供はあっちへ行ってなさい」

足許《あしもと》にまとわりつく留太と〆太を六畳間へ追いたて、お咲は階段の途中からそっと耳を澄ませた。

「寛ちゃん、邪魔するよ」

と、与兵衛が声をかけた。

頭から布団《ふとん》を被《かぶ》って横になっている寛太からは返事がない。

「そんなに気を落とすことはないよ。お初ちゃんのお父っつぁんの具合さえよくなれば、そのうち二人で出かけられるんだから」

返事の代わりに布団の下からぐぐーっと鼾《いびき》が聞こえてきた。

与兵衛はそっと布団を捲《まく》ってみた。

そこには鼾をかきながら熟睡する寛太がいた。

鼾の音に階段を上がってきたお咲が呆《あき》れて、

「人にさんざん心配させといて、なに、これ」

と、寛太を蹴《け》とばす真似をした。

寛太の無邪気な寝顔に、与兵衛は苦笑しながらも胸を撫《な》で下ろしていた。


その日の夕五つ（午後四時頃）すぎ、与兵衛は屋台を榮橋《さかえ》の西側の袂《たもと》に出した。

上流の千鳥橋同様、日中と違ってさして人通りは多くないが、堀を挟んで東南側は大名屋敷や旗本屋敷が建ち並ぶ武家地で、西北側は職人などが多く住む町人地が広がっているのでそれなりに商売にはなった。

屋台を出してまもなく、染物職人と旗本屋敷の中間《ちゅうげん》が合計八人前の押しずしを買っていった。

好調な滑《すべ》り出しだったが、その後は日が落ちるまで榮橋を行き来する人通りはあるものの、ほとんどが与兵衛の屋台の前を素通りしていった。

三日前に多めに仕込んだ押しずしをすべて持ってこなくて正解だったと、与兵衛は思っていた。置いてきた押しずしは明日出直して売るつもりだが、用意してきた残りの押しずしは場所を変えて、今夜中には売り切りたい。

押しずしの食べ頃は仕込んで二日から四日で、三日目が一番美味い。日持ちは夏場と冬場では倍以上違うが、食べ頃は季節に関係ない。酢《す》の量を増やすことで日持ちを延ばせるが、それをすれば確実に味が落ちる。仕込んで三日目の押しずしをいつも売りたいとは思っているが、それでは商売が立ち行かなくなるから、なかなか思うようにはいかない。

与兵衛は屋台を担《かつ》いで、堀端を上流の方へ向かった。

千鳥橋の近くまで来た時だった。

「ふざけんじゃねえ！」

「黙ってねえで何とか言いな！」

堀端で五、六人の破落戸《ごろつき》が誰かを取り囲んで小突き廻《まわ》していた。

相手は伸び放題の月代《さかやき》に、着古した着物と袴姿《はかますがた》のどこか頼りなげな三十代なかばの浪人者で、

「さっきから謝っておるではないか。どうすれば許してもらえるのかな」

と、小突き廻されながら情けない声を出している。

どうやら、そういう頼りなげなところが、破落戸の小遣《こづか》い稼《かせ》ぎの格好の的《まと》になったようだ。

兄貴株の破落戸が浪人を睨《にら》みつけて、

「ぶつかってきといて謝るだけじゃ済まねえんだよ！　この落とし前はきっちりつけてもらうぜ！」

「ぶつかってきたのはあんたの方ではないか」

「うるせえ！　つべこべ抜かさずに、出すもの出せばいいんだよ！」

手下の破落戸に浪人を押さえさせて懐《ふところ》の財布を取り上げると、入っていた僅《わず》かな小粒と鐚銭《びたせん》を摑《つか》み出して、

「しけた野郎だぜ。他に金目の物はねえのか」

「あいにく持ち合わせはそれだけだ」

「だったら、こいつを貰《もら》っとくぜ」

と、浪人の腰の大刀に手を伸ばした。

「これは困る。武士の魂《たましい》なんだ。頼む。これだけは勘弁してくれ」

「勘弁できねえんだよ」

と、構わず大刀を奪った兄貴株の破落戸は訝《いぶか》しげな顔になって、鞘《さや》から刀身を抜いてぷっと吹き出した。

「やけに軽いはずだ。見てみろ、こいつは竹光《たけみつ》だぜ」

他の破落戸も竹で出来た刀身を見て、声を上げて大笑いした。

「武士の魂が聞いて呆れるぜ」

兄貴株の破落戸がいきなり浪人の横っ面《つら》に拳《こぶし》を見舞った。

たまらず浪人は膝《ひざ》から崩れ落ちた。

他の破落戸たちが笑いながらその浪人を足蹴《あしげ》にしはじめた。

与兵衛は思わずとび出しかけたが、ぐっと堪《こら》えてその場にとどまった。

破落戸たちから浪人を助け出すのは難しいことではないが、屋台のすし屋がそんなことをすれば素性《すじょう》を疑われてしまう。別人として生まれ変わった与兵衛がやってはならないことだった。

「そのくらいで勘弁してやりな」

兄貴株が他の破落戸を促《うなが》して、その場を離れていった。

与兵衛は屋台を置いて、口許を血に染めて倒れている浪人に駆け寄り、

「大丈夫ですかい」

と、助け起こそうとした。

「なあに大丈夫だ。大したことはない」

浪人は自分で起き上がって、破落戸が放り出していった竹光の刀身と鞘、空の財布を拾い集めながら、

「ううっ」

と、顔を歪《ゆが》めて膝をついた。

「本当に大丈夫ですか」

「ああ、大丈夫大丈夫」

浪人は再び立ち上がって刀身を鞘に納め、

「竹光でも侍の魂に変わりはないのでな」

と、与兵衛に笑いかけ、屋台の屋号を見て言った。

「はなや、と読むのか」

「へえ、屋台ずしの華屋与兵衛と申します」

「そうか、華屋与兵衛か。俺は相馬大作という者だ」

与兵衛は驚いた。

「人違いだったらすいません。もしかして、尾上町の八右衛門店へ今日引っ越してこられる相馬大作様ですか？」

今度は浪人の方が驚いた。

「どうしてそれを？」

「俺も八右衛門店に住んでいるんで」

「おぬしも八右衛門店の住人なのか。それは奇遇だな」

八右衛門というのは大家の名で、与兵衛が住んでいる八軒長屋だけでなく棟割《むねわり》長屋とおとよ一家の住む二階建て長屋、すべてが八右衛門店と呼ばれている。

その時、与兵衛は突き刺さるような視線を感じて、千鳥橋の袂の暗がりに目をやった。

すると、大小を差した長身の武士がその場から身を翻《ひるがえ》した。

顔は見えなかったが、素早い身のこなしは只者《ただもの》ではない証《あかし》だ。

与兵衛の脳裏《のうり》に、小浜藩近習頭《きんじゅがしら》だった岡部采女正の顔がよぎった。

もしかすると、今は江戸留守居役に出世している岡部が、配下の小浜藩士に命じて与兵衛の動向を探らせているのではないか、真っ先にそう思った。矢崎左馬之助が死んだはずの行方政之輔によく似た屋台のすし屋に会おうとしていたことを知って、死体が発見されたとはいえ、用心深い岡部釆女正が疑念を抱く可能性がないとは言えない。

もしそうだとしたら、岡部はいずれ与兵衛に会って直接確かめようとするに違いない。

江戸を離れれば、岡部とは顔を合わせずに済む。だが、江戸を離れれば「華屋与兵衛」として生きていくことはできない。「華屋与兵衛」として生きていきたい今の自分は、たとえ岡部と顔を合わせることになったとしても、あくまで「華屋与兵衛」だと言い続けるしかない。そう決めてこの一年生きてきたのだ。

だが、果たしてそれを貫《つらぬ》くことができるのか。与兵衛の中に、少なからず不安が芽《め》生《ば》えてきていた。

「どうかしたのか？」

相馬大作の声に、与兵衛は我に返った。

「何やら難しい顔をしておったが」

「いいえ、何でもありません」

「そうか、だったらいいが。ところで、すしを貰《もら》えんかな。晩めしがまだなので、実はさっきから、腹の虫が晩めしはまだかとしきりに催促してるんだ。一人前、いくらだ？」

「いえ、お代は結構です」

与兵衛が屋台から押しずしの包みを一人前持ってくると、

「さっきの連中に有り金残らず奪われたと思ってるらしいが、それが違うんだな」

相馬は下帯の中に手を入れ、にやっとしながら腹の辺りから一分金《いちぶきん》を出した。

「用心のために隠しておいたんだ。ここからすし代を取ってくれ」

「折角ですが、押しずしは一人前四十文《もん》なんで、とても釣銭《つりせん》が足りません」

一分は千文だから九百六十文の釣になる。

「それは困ったな」

「お代は次から頂きますよ。今夜はお近づきの印《しるし》ってことで」

「なんだか申し訳ないな。では、遠慮なく」

相馬は四つに切り分けてある押しずしを、箸《はし》を使って美味そうに食べはじめた。

それを見て、与兵衛は相馬は浪人になってそう長くはないのだと思った。

一応箸をつけて渡したが、浪人暮らしが長ければ箸など使わず、庶民と同じように手摑みで押しずしを食べるはずなのだ。

どんな浪人が引っ越してくるのか少し気になっていた与兵衛だが、どこか憎めない好人物の相馬なら他の住人と諍《いさか》いを起こす心配もないと安心していた。

近くの湯屋で普請場仕事の汗を流したおとよが長屋の木戸口に戻ってきた。

「あの、ちょっとすみません」

と、上品な身なりの商家の内儀風の女が歩み寄ってきて、

「下斗米《しもとまい》様のお住まいはどちらでしょう」

「しもとまい？」

「はい、下斗米秀之進《ひでのしん》様です」

「そんな名の人はこの長屋にはいませんけど」

「こちらは八右衛門店ですよね」

「ええ、そうですよ」

「下斗米様は尾上町の八右衛門店にいらっしゃると聞いてきたのですが」

「お侍さんですか、その人」

「ご浪人様です」

「確かに今日、ご浪人さんが一人引っ越してくることにはなってますけどね、下斗米なんて名じゃありませんよ」

「その方のお名前は――」

内儀風の女が浪人の名を訊《き》きかけたところへ、寛太が帰ってきた。

「どうしたんだい、母ちゃん」

「ちょうどよかった。下斗米って名のご浪人さんに心当たりはないかい？」

「しもとまい？」

おとよが内儀風の女に寛太のことを説明した。

「倅《せがれ》なんですけどね、八丁堀の旦那《だんな》の小者《こもの》をしてるから、何か判るかも」

それを聞いた途端、内儀風の女は、

「私の思い違いだったみたいです。お手数をおかけしました」

と、急に硬い顔になって、そそくさと去っていった。

「誰だい、あの人」

「誰か知らないけど、見たところ大店《おおだな》のご内儀か何かみたいだね。でも、その下斗米ってご浪人に、一体何の用があって」

と、言いかけたおとよがはっとなって、

「ひょっとするとひょっとするかもしれないよ」

意味ありげな表情になったおとよを、寛太が訝しげに見た。

「何がひょっとするんだい」

「相変わらず鈍《にぶ》いね、お前は」

と、おとよは呆れながら、

「いいかい、道ならぬ何とかってやつよ」

「道ならぬって？」

寛太はまだぴんときていない。

「だから、大店のご内儀が人目を忍んで会いに来たってことは、その下斗米ってご浪人さんとはわけありの道ならぬ仲ってことよ」

「ああ、そういうことか」

寛太はやっと理解したようだが、

「けど、本当にそうなの」

少し苛立《いらだ》ちながら、おとよは嚙《か》んで含めるように言った。

「考えてもごらん。とっくに日が落ちてるのに、お供も連れずに女一人で会いにくるってのが怪しいじゃないの。まず十中八九《じっちゅうはっく》は間違いないね。ちょっと待ちなさいよ。まさか、今日ここの八軒長屋へ引っ越してくることになってるご浪人さんじゃないだろうね」

「下斗米って名じゃなかったはずだよ」

「相馬大作ってご浪人だって聞いてるけど」

「じゃ、別人だ」

「いやいや、相馬大作は偽名で、本当は下斗米って名前なのかもよ」

「何のために偽名なんか使うのさ」

「素性を隠すために決まってるだろう。二人が道ならぬ仲なら、それくらいの用心はするわよ。どっちにしろ、あんな別嬪《べっぴん》さんなんだから、相手のご浪人もきっと苦み走ったいい男なんだろうね」

そこへ、二階建て長屋から、

「ごはんの支度《したく》が出来たわよ」

と、お咲の声がした。

「はーい、今行くよ」

おとよが返事をして寛太と家へ向かいかけた時、屋台を担いだ与兵衛が浪人風の男を案内して戻ってきた。

寛太と顔を見交《か》わしたおとよが、小声で与兵衛に訊いた。

「こちらのご浪人さんは？」

「今日越してくるって言ってた相馬大作さんだよ。偶然一緒になったんで、屋台は早めに切り上げたんだ」

と答えて、与兵衛は屋台を下ろしながら相馬に二人を紹介した。

「おとよさんと倅の寛ちゃんです」

「あんたたち一家のことは与兵衛から聞いた。相馬大作だ。ひとつよろしく頼む」

「こちらこそ」

「寛太です」

おとよと寛太が慌てて頭を下げた。

「あっちの八軒長屋の奥から三軒目だったな」

「ご案内しますよ」

「なあに大丈夫だ」

と、与兵衛を制して、相馬は八軒長屋の露地へ入っていった。

与兵衛は屋台から押しずしの包みを取って、

「これ、よかったらみんなで食べてくんな」

「いつも悪いわね」

と、おとよが押しずしを受け取りながら、

「大はずれだったみたい」

「いつも早とちりなんだよ、母ちゃんは」

「だって、あんな別嬪さんなんだもの、もしかしたらって思うわよ」

「何の話だい」

与兵衛がおとよに訊いた。

「いえね、ついさっき大店のご内儀って感じの人が、下斗米秀之進っていうご浪人を訪ねてきたんだけど、どうもわけありって感じがして。ほら、道ならぬ何とかってやっ」

寛太が口をはさんだ。

「母ちゃんがね、相馬大作は素性を隠す偽名で、わけありの相手はきっとあのご浪人だって言うんだよ」

「だから、あたしの見当はずれだったって言ってるでしょ。あのご浪人、わけありとか道ならぬ何とかとは、どう見たって縁がなさそうだものね」

「母ちゃん！」

と、二階建て長屋の玄関からお咲が顔を出して怒鳴った。

「ごはんが出来てるって言ってるでしょう！」

家へ戻るおとよと寛太と別れて、与兵衛も屋台を担いで八軒長屋へ向かった。

腰高越《こしだか》しに灯《あか》りが漏《も》れている相馬の家からは、はやくも大きな鼾が聞こえていた。

ようやく新しい住まいに辿《たど》りついて、おそらくどっと疲れが出たのだろう。

与兵衛は微笑《ほほえ》みながら一番奥の我が家の前で屋台を下ろした。

不意に寛太の声が蘇《よみがえ》った。

〈相馬大作は素性を隠す偽名で――〉

あの瞬間、与兵衛は思わずどきりとした。

まるで「華屋与兵衛」は素性を隠す偽名だと言われたような気がしたのだ。

「華屋与兵衛」として生まれ変わったつもりだが、与兵衛の中では素性を隠すための偽名という思いがまだ完全には断ち切れていない。

月明かりの下、与兵衛は黙然とその場に立ち尽くしていた。

二

「お帰りなさいまし」

奉公人に迎えられて、内神田須田町の鎧戸を下ろした蠟燭《ろうそく》問屋の潜《くぐ》り戸を内儀風の女が中へ入っていった。八右衛門店に来た女、お美代《みよ》である。

月明かりが「盛岡《もりおか》藩御用　田上屋《たがみや》」の表看板を照らし出している。

店構えはそれほど大きくはないが、庶民には手の届かない高価な蠟燭を商《あきな》い、奥《おう》州《しゅう》盛岡藩二十万石《ごく》の御用達《ごようたし》までしているのだからかなりの大店だ。

座敷の障子戸《しょうじど》を開けて、

「遅かったじゃないか、お美代」

と亭主の『田上屋』主人・笹蔵《ささぞう》が、廊下を来たお美代を迎えに出た。

笹蔵は今年六十九歳でお美代は二十七歳、かなり年齢《とし》の離れた夫婦《めおと》だ。

「夕刻から大友《おおとも》様が、お前の帰りをお待ちなんだよ」

「兄上がいらしてるんですか」

「盛岡から昼すぎにお着きになられたそうだ」

笹蔵に続いてお美代が座敷に入ると、お美代の実兄の盛岡藩大目付・大友玄一郎《げんいちろう》が一人で盃《さかずき》を傾けていた。

「やっと戻ったか」

「遅くなってすみません」

「買い物に出ていたようだな」

「ええ、櫛《くし》の歯が折れてしまったものですから」

「日本橋ではなかなか気に入った櫛が見つからなくて、下谷から浅草まで足を延ばしたようです」

笹蔵が助け舟を出すように言った。

「妹と話があるので、席をはずしてもらいたい」

「お美代に何か？」

「大したことではない。兄妹の内々の話だ」

「さようですか。では、手前は」

笹蔵は少し不安げに座敷を出ていった。

その足音が遠ざかるのを待って、

「十年近く連れ添っているというのに、笹蔵は相変わらずお前のことが可愛《かわい》くてたまらんようだな」

「私を大切にしてくれています」

「孫ほど年齢の離れた武家娘を連れ合いにできたのだから、それくらい当然だ。ところでお美代、その田上屋を裏切るような真似はしておらんだろうな」

「何を仰《おっしゃ》りたいのですか」

「下斗米秀之進のことだ」

お美代は兄の玄一郎に動揺を悟られまいと努めた。

「まさか、あの男と今でも関わりを持っているのではあるまいな」

「この十年、秀之進様にはお目にかかっておりません」

大友はお美代の反応を窺《うかが》いながら言った。

「実はな、あの男が江戸に潜伏していると判明したのだ。ご府内を転々と移り住んでいるようだ」

「そうですか」

お美代が平静を保ったまま答えた。

「下斗米は昨年四月、我が藩を窮地《きゅうち》に追い込む愚《おろ》かな真似をし、そのまま盛岡から姿を消した大罪人だ。俺が江戸へ参ったのはあの男を捕縛して国許《くにもと》へ連れ戻し、藩としての処分を下すためだ。もしも下斗米と関わりを持っているとなれば、たとえ妹のお前といえどもただでは済まされぬ」

大友がお美代を見据《みす》えた。

お美代も兄を見返して、

「ですから、秀之進様とはこの十年、一度もお会いしてはおりません」

と、きっぱり答えた。

「そうか。まあ、そうだろうな、あれからもう十年、遠い昔の話だ」

大友がそう言って立ち上がった。

お美代は刀架の大小を差し出した。

「あの男のことは忘れろ。いいな」

受け取った大小を腰に差して、大友が座敷を出ていった。

大友を送り出した笹蔵が戻ってきて、

「お帰りになったよ。大友様の内々の話というのは何だったんだい？」

「国許の親戚のことです。大した話ではありませんでした」

「そうかい。櫛探しで疲れたろう。すぐ風呂を沸《わ》かすように言うから、食事の前に湯に入るといい」

笹蔵が出ていった後、お美代は視線を泳がせ、

「秀之進様は、やはりこの江戸に……」

と、思わずつぶやいていた。

八右衛門店の八軒長屋では、いつもより早く、与兵衛が昼前から屋台の支度をして

いた。

今日は昨夜持っていかなかった押しずしを売るので、できるだけ早く屋台を出したかったのだ。暖かくなったといっても酢が利《き》いているので、まだ三、四日は日持ちするが、味が落ちないうちに売り切りたい。

「おはよう」

欠伸《あくび》混じりで相馬が露地へ出てきた。

「おはようございます」

「今までぐっすり眠り込んでたよ。昨夜は世話をかけたな」

「とんでもない」

相馬が人懐《なつ》っこそうな表情で、

「もうひとつ世話をかけてもよいかな」

「何です」

「この近くにある傘屋《かさや》を教えてもらえんか」

「傘屋ですか」

「中古の傘を扱う店がいいんだが。新品の傘は浪人の内職には廻してもらえんのでな」

「相馬さんは傘貼りの内職をしてるんですか」

「こう見えても腕は確かだ」

この頃、新品の傘はかなり高価で、庶民には使い古した傘や破れたところを修理して作り直した安い中古の傘にしか手が届かなかった。

浪人暮らしはそう長くないと思った相馬が傘貼り仕事に自信を持っているのが、与兵衛には意外だった。

「俺には判りませんが、大家さんならきっと相談に乗ってくれますよ」

「ここの大家か」

「八右衛門さんには、まだお会いになってないんですか」

「そうなんだ。ここを借りる手続きは人に頼んだものでな」

「よかったらお連れしますよ」

「引っ越しの挨拶《あいさつ》もあるし、すまんがそうしてもらえるか」

大家といっても家主《やぬし》ではない。家作《かさく》の所有者である家主から長屋の管理や家賃の回収を任されているのが大家で、ほとんどが同じ長屋のどこかに住んでいるのだが、八右衛門の場合はすぐ近くの小さな一軒家で寝起きをしている。

ときどき知らない年増《としま》女が出入りしているらしいが、本人は遠縁の後家でいろいろ相談に乗っているだけだと言い張っている。おとよに言わせると、出入りしている年増の後家女は一人ではなく複数なのだから、絶対怪しいし、六十間近だというのにとんだ後家殺しらしい。

ただ、与兵衛は八右衛門のことを、善人で世話好きの大家だと思っていた。それに、昔から亭主の寛助と気が合った八右衛門のことがおとよは面白くないようだから、話は割り引いて聞いた方がいいとも思っている。

「傘貼りの内職を廻してもらえる傘屋ですね」

玄関口へ出てきた胡麻塩《ごましお》頭の八右衛門が即座に、

「中古の雨傘や被り笠を扱ってる店が隣の元町《もとまち》に一軒あるので、これからご案内しますよ」

と、そそくさと表戸を閉め、相馬を伴《ともな》って隣町の傘屋へ出かけた。

芳次郎に連れられて与兵衛が居候《いそうろう》をする挨拶に来たときには、初めてということもあって家の中に招き入れられた。今回も相馬は初めてなのだが、中へ入れたくないのが見え見えだった。

玄関土間に女物の草履《ぞうり》があったから、どうやらおとよの読みは当たっているようだ。

一人長屋へ戻ったあと、屋台を担いで商売に出た与兵衛は、両国橋の途中で小走りに前方からやって来た寛太と出くわした。

「どうしたんだい。具合でも悪くなって早退《はやび》けしてきたのかい」

「そうじゃねえんだよ。ほら、昨夜言ったよね、下斗米秀之進って名の浪人を女が訪ねてきたって」

「おとよさんが相馬さんと間違えたって話だったな」

「その下斗米秀之進っていう浪人は、脱藩した盛岡藩からこの手配書が出てるお尋ね者だったんだよ」

寛太が懐から手配書を出して広げた。

そこには、大罪を犯した脱藩者として手配された元盛岡藩士・下斗米秀之進の人相が描かれてあった。

「笹倉の旦那に昨夜のことを話したら、尾上町界隈《かいわい》の他の裏店《うらだな》に下斗米秀之進が潜《ひそ》んでいるかもしれねえから、片《かた》っ端《ぱし》から捜《さが》せって言われたんだよ。旦那の話じゃ、盛岡藩だけじゃなくて同じ奥州の弘前《ひろさき》藩からも手配されて、お上《かみ》も放《ほ》っとけなくなったらしいんだ」

「一体何をやらかしたお尋ね者なんだい」

「旦那から口止めされてるんだけどさ、なんでも去年の四月に盛岡藩の連中数人と弘前藩の殿様の暗殺を企《くわだ》てて、失敗して逃げてるらしいんだよ」

「なんだって!?」

「盛岡藩の侍がどうして弘前藩の殿様の命を狙ったのか、その理由は話してくれなかったけどどれ。こうしちゃいられねえや。笹倉の旦那にどやされねえように、急いで尾上町界隈の裏店を片っ端から廻らなきゃ」

と、寛太は両国橋を東に駆け出した。

手配書に描かれてあった下斗米秀之進の人相は、相馬大作とは別人のものだった。他国の藩主の暗殺未遂で手配されている大罪人と、相馬はまるで結びつかない人物なのだから、当然といえば当然だが、与兵衛はどこかで安堵《あんど》していた。

屋台は元柳橋の袂に出した。

人で賑《にぎ》わう両国広小路のすぐ近くだから、狙いどおり昼めしに買っていく客で押しずしはあっという間に売り切れた。

昼間はここにいつも屋台を出したいのだが、人の少ない夜と違って屋台を出すのは順番待ちみたいなものだから、次はひと月以上先になってしまう。

帰る支度を始めようとした与兵衛は、背後からの鋭い視線を感じた。

振り向こうとして与兵衛は息を呑《の》んだ。

その鋭い視線は、昨夜、千鳥橋の近くで感じたのと同じものだったからだ。

与兵衛は肩越しにちらと背後を窺った。

視線の主は昨夜と同じ長身の二本差しの武士で、身なりから見ても浪人ではない。

やはり、岡部采女正配下の小浜藩士なのだろうか。

ゆっくりと近づいてくる視線を感じながら、与兵衛は不意打ちに備えて全身の神経を集中させた。それは近習頭支配として生きてきた本能だった。

鋭い視線が間近まで迫った。

与兵衛の緊張が極限まで高まる。

その時だった。

「また会ったな」

と、元柳橋を渡ってきた小浜藩士・河合慎三郎が、与兵衛に歩み寄ってきた。

「昼間はここですしを売っているのか」

「いつもじゃありませんが」

「一人前頼みたいところだが、お留守居役の岡部様の御用で行った佐倉《さくら》藩の屋敷で、昼を馳走《ちそう》になったばかりなんだ」

「こちらもちょうど売り切れたところでして」

再び与兵衛が背後を窺うと、見事なまでに殺気を消した長身の武士が、ゆっくり踵《きびす》を返したところだった。

「あのお侍は同じご家中の方で？」

昼日中出歩く侍は町方役人や浪人以外にはあまりいないから、去っていく長身の武士は目立つ存在だった。

河合慎三郎は目を凝《こ》らしたあと、問うてきた。

「小浜藩の者ではないようだが、あの御仁がどうかしたのか」

「いえ、うちの押しずしを買いにきてくださったんですが、ひょっとして河合様からお聞きになったんじゃないかと思ったもので。そうですか、ご家中の方ではなかったんですか」

河合慎三郎を見送ったあとも、与兵衛はしばらくその場を動けなかった。

江戸詰めの河合慎三郎が知らないということは、岡部采女正が国許から呼び寄せたのだろうか。与兵衛も見たことのない顔だったから、もし小浜藩士だとすると、一昨年の暮れ以降に召しかかえられたということになる。しかし、何事にも慎重な岡部采女正が、一年そこそこの新参者を藩の大事に使うはずはない。

だとしたら、あの長身の武士は何者なのだろうか。

八軒長屋では二十本近い破れたり壊れたりした傘に囲まれて、相馬が傘貼りの内職に精を出していた。

中古品の傘貼りだから、油紙を貼り替えるだけでなく、折れた竹骨の修理もしなければならないので結構手間がかかる。

まず竹骨を削《けず》ったり部分的に新しい竹骨を填《は》めたりして、傘の骨組みを直してからいわゆる傘貼りが始まるのだ。

表の腰高を少し引き開けて中を確かめた二十代前半の若い武士が声を潜《ひそ》めて、

「生田卓馬《いくたたくま》です、お邪魔します」

と、玄関土間に入ってきて腰高を閉めた。

「ここへは来るなと言ったはずだぞ」

「判っていますが、実はお話があって」

相馬は傘貼りの手を止めて、生田卓馬を見た。

屋台を担いで与兵衛が帰ってきた。

長屋の木戸から若い武士が出てきて、足早に与兵衛の横を通りすぎていった。

誰を訪ねてきたのか、与兵衛は気になった。

この八右衛門店の住人を武士が訪ねてくるとしたら、相馬以外にはない。

「相馬さん、与兵衛です」

相馬の家の腰高を開けて、与兵衛は玄関土間に入った。

「仕事を貰えたんですね」

「大家の口利きで、一発で決まったよ。昨夜のすし代、明日には払える」

「あれはお近づきの印で、すしの代金は次から頂きます。昨夜そう言いましたよ」

「そうだったな。じゃ、明日改めて『華屋』のすしを買うことにしよう」

「あいにく明日は売る押しずしがないんで、三日経ったら買ってください」

「どうして明日はなくて、三日先ならあるんだ？」

「今夜仕込んで、食べ頃になるまで三日かかるんです」

「そうなのか。ずいぶんと手間がかかるんだな」

「仕込んですぐに食べてもらえるすしを作りたいとは思ってるんですが、なかなかうまくいかなくて」

「手間がかかるのは傘貼りも同じだ。手を抜けばすぐまた壊れてしまう」

相馬は修理して糊《のり》を塗った竹骨に、一枚一枚丹念に紙を貼りながら言った。

頷きながら、与兵衛は気になっていることを訊いた。

「相馬さんのところにどなたか来ていましたか」

「いや、誰も来ておらんが」

「そうですか。いえね、今しがた若いお侍が長屋から出ていったもので、相馬さんを訪ねてきたのかと思って」

「だから、俺のところには誰も来ていない」

と、相馬は念を押すように答えた。

「つかぬことをお尋ねしますが、相馬さんはどこのご家中だったので？」

「どこの家中でもない。祖父の代から貧乏浪人だ」

与兵衛はさりげなく相馬の反応を見ながら、

「下斗米秀之進というお侍をご存じですか？」

一瞬、相馬の手が止まったが、

「知らんな、そんな名の侍は」

相馬の手は傘貼りの仕事を再開した。

「なんでも、元は盛岡藩のお侍で、去年弘前藩の殿様の暗殺に失敗して、両方の藩から手配されているらしいんです」

「ほう」

「昨夜、下斗米秀之進って侍を訪ねて、大店のご内儀風の女がこの長屋に来たそうです。どうやら、この八右衛門店に下斗米って侍が引っ越してきてると思っていたらしくて」

「悪いが、俺にはどうでもいい話だ」

と、相馬がうんざりしたように言葉を継《つ》いだ。

「明日の朝までにここにある傘を残らず仕上げなきゃならんのだ。お前の話に付き合ってる暇はないんだ」

「すいません、気がつかなくて」

与兵衛は玄関土間から出て、腰高を閉めた。

与兵衛が出ていったのを確かめると、相馬は吐息をついて傘貼りの手を止めた。

その顔には動揺の色が浮かんでいた。

家に戻った与兵衛は相馬の反応を思い返していた。

あの若い武士は間違いなく相馬のところに来たのだ。

どうして、相馬はそれを否定したのか。

大店の内儀風の女が下斗米秀之進を訪ねてきたと話した時も、相馬は明らかに反応した。

相馬大作が下斗米秀之進ではないことは、手配書に描かれていた人相書からはっきりしている。

与兵衛の中にある考えが閃《ひらめ》いた。

下斗米秀之進は他の盛岡藩士数人と弘前藩主暗殺を企てたという話だった。

ひょっとして、相馬は下斗米秀之進と暗殺を企てた盛岡藩士の一人なのではないだろうか。

そう考えると、いくつか謎が解ける。

内儀風の女は、下斗米秀之進が八右衛門店に越したと思い込んで訪ねてきた。相馬が暗殺計画の仲間ならありうる思い違いだ。

さっきの若い武士は、彼らの逃亡にひそかに協力している盛岡藩士なのかもしれない。そう考えれば、相馬が若い武士が来たことを否定したのも頷ける。

下斗米秀之進を訪ねてきた大店の内儀風の女が何者なのかは判らないが、たぶん盛岡藩と何らかの関わりのある人物なのだろう。

そして、おそらく相馬は下斗米秀之進の潜伏先を知っているに違いない。

ただ、そうだとしたら、相馬は浪人になってまだ十カ月しか経っていないことになる。それはすしを箸で食べたことからも納得できることなのだが、一方で傘貼りの腕が達者すぎるのはどうしてなのか、与兵衛は不思議な気がした。

いずれにしろ、与兵衛は相馬を問い質《ただ》そうとは思わなかった。

与兵衛にはそれこそどうでもいい話だし、暗殺という言葉は小浜での出来事を嫌でも思い出させる。

今回のことは忘れてしまうつもりの与兵衛だが、気になることがひとつ残っていた。

あの長身の武士のことだ。

小浜藩江戸留守居役・岡部采女正が差し向けたのではないなら、狙いは与兵衛ではなく相馬なのかもしれない。

盛岡藩か弘前藩が下斗米秀之進の居所を摑むために、ひそかに相馬の動向を探っていると考えるのが妥当だろう。

あの長身の武士は相当な手練《てだれ》だ。

相馬では到底太刀打ちできない。もし、刃《やいば》を交えるようなことになれば、簡単に斬殺されるのは目に見えている。

与兵衛には、それを黙って見逃すことはできそうもなかった。

三

一軒家の玄関から八右衛門が顔を出して、近くに誰もいないのを確かめ、

「出てきても大丈夫だよ」

家の中から出てきた年増女というよりかなりの大年増が、八右衛門の耳許に甘え声で囁《ささや》いた。

「次はもっとゆっくりしたいから、湯島《ゆしま》辺りの出会茶屋に行きましょうよ」

「そうしたいのは山々だが、大家の私が留守の間にもし何かあったらまずいだろう。それより、くれぐれも人に見られないように気をつけて」

大年増を見送って、家の中へ戻ろうとした八右衛門が驚いた。

いつの間にかすぐ近くに与兵衛が立っていたのだ。

「あ、あの人の死んだ旦那とは親しくしてたもんで、ときどき旦那の思い出話をしに来るんだよ。正直煩《わずら》わしいんだが、邪険にもできなくて」

と、八右衛門は慌てて言い訳を始めた。

「相馬さんとは今日初めて顔を合わせたみたいですね」

いきなり違う話を返してきた与兵衛に戸惑《とまど》いながらも、八右衛門は返事をした。

「そ、そうだけど」

「引っ越しの手続きは誰がやったんですか」

「守山町の甚平店《じんべいだな》の大家だよ。自分の所は一杯だから、うちの空き家を相馬大作と仰るご浪人さんに貸してほしい、引っ越し荷物も預かってるからと頼まれてね」

「その大家さんは、相馬さんに頼まれたんですか」

「いや、本人じゃなくて、相馬さんの知り合いの若いお侍に頼まれたって話だったよ」

「若いお侍に？」

「それがどうかしたのかい」

「相馬さんの家に若いお侍が訪ねてきてたみたいなんで、誰かなと思ったもので。あの若いお侍がそうなのかな」

「相馬さんのとこに来てたんならきっとそうだよ。ところでさっきの話なんだがね」

与兵衛が怪訝な表情で、

「さっきの話？」

「だから、さっきうちから帰っていったのは知り合いの後家さんで、ときどき死んだ旦那の思い出話をしに来てるだけで」

「誰の話です？」

「だから、さっきうちから帰っていった」

「どなたかお帰りになったんですか」

「見てないのかい？」

「見てませんけど」

「本当に？」

「ええ」

「なんだ、見てないんだ。そうかそうか、いや、だったらいいんだよ」

与兵衛の言葉を真に受けた八右衛門は笑顔で胸を撫で下ろした。

あの若い侍の素性を確かめる手がかりを摑んだ与兵衛の意識は、すでに次に向かう先に移っていた。

江戸城南の外桜田《そとさくらだ》には、諸藩の上屋敷が建ち並んでいる。

その中にある盛岡藩の上屋敷から、一人の若い武士が出てきた。相馬を訪ねていた生田卓馬である。生田は、足早に山下《やました》御門から外堀を渡って守山町へ急ぐと、一軒の居酒屋へ入っていった。

日暮れ前でまだ客がまばらな店内を見廻す生田のそばに、

「お呼び立てしたのは俺です」

と、与兵衛が歩み寄ってきた。

「私をここへ呼び出したのは甚平店の大家のはずだが」

「その大家さんから教えてもらったんです。この店で顔見知りになった盛岡藩の生田卓馬と仰る若いお侍さんに頼まれて、相馬さんの引っ越し先を見つけたと」

生田は警戒の色を浮かべて与兵衛を見据えた。

「貴様、何者だ」

「相馬さんと同じ長屋に住んでる与兵衛という者です」

「あの八右衛門店に」

与兵衛は隅にある卓に生田を誘った。

生田は警戒を崩さぬまま樽椅子《たるいす》に腰掛け、問うた。

「私に一体何の用だ」

「いくつかお尋ねしたいことがあるんで」

「何を訊きたいのだ」

「最初に言っときますが、俺は相馬さんを死なせたくはないと思ってます。たとえ、相馬さんが弘前藩の殿様の暗殺に失敗して逃げているんだとしてもです」

生田の手が差し料の柄《つか》に伸びた。

「相馬さんの力になりたいんですよ、生田さんのように」

生田は手を止め、思わず与兵衛を見た。

「やっぱり盛岡藩には内緒で、相馬さんたちに協力してるんですね」

与兵衛が敵ではないと判って安心したのか、生田は小声で答えた。

「表立って動いているのは私だけだが、藩内の多くの者が同じ思いだ」

生田から話を聞き出すには、それなりの駆け引きが必要かもしれないと与兵衛は考えていた。しかし、若い生田にはその必要はなかった。藩には秘密で一人で協力している重圧もあってか、敵ではないと判った与兵衛に生田は心を許したようだ。

「長年に亘《わた》って続く弘前藩の目に余る所業に、盛岡藩は耐えに耐え続けてきた」

生田は盛岡藩と弘前藩の確執を与兵衛に話し始めた。

もともと弘前藩は盛岡藩南部《なんぶ》家の家臣筋で格下なのだが、先代の急死で十一代盛岡藩主の座に就《つ》いた利用《としもち》が十四歳の若さだったため、それまで盛岡藩が担《にな》っていた北方警備などの官職が弘前藩に移され、禄高《ろくだか》も高直しされた。昔から主家筋を蔑《ないがし》ろにしてきた弘前藩がまたしても公儀に取り入って昇格したと、盛岡藩内には怒りと怨嗟《えんさ》の声が充満した。

弘前藩主の暗殺計画は、そんな中で実行に移されたのだ。

昨年四月、参勤交代を終えて国許へ帰る弘前藩主・津軽寧親《つがるやすちか》一行を、途中の山中で待ち構えて襲う計画だったのだが、内通者がいて暗殺計画が漏《も》れ、寧親一行は行路を変えて難を逃れた。暗殺計画を誰が密告したのかは不明のまま、弘前藩主の暗殺は失敗に終わったのだった。直後、盛岡藩は、暗殺計画と藩は一切《いっさい》無関係で、暴挙を企てた者は捕らえ次第、即刻極刑に処すると宣言した。

「計画に加わった他の盛岡藩の方々も、相馬さんと同じように逃げてるんですか」

「いや、他の者は氏名不詳で藩も特定できていないのだ。下斗米さんは、暗殺が失敗に終わった場合、他の者が藩に戻れるようにと、考えておられたのだ」

「それなら、相馬さんも藩に戻ればよいのでは？」

「相馬さんは最後まで下斗米さんと行動を共にする覚悟だ」

「じゃ、計画に相馬さんが加担していたことを、今では盛岡藩も？」

「ああ、摑んでいる」

与兵衛は盛岡藩から出ている手配書のことを尋ねた。

「あの手配書か……」

生田も手配書が出ていることを知っていた。

「下斗米さんには出ているのに、相馬さんには出ていないみたいですね」

「藩のお偉方は首謀者の下斗米さんをまず捕らえたいのだ」

「相馬さんを捕まえるのは、その後でいいと思ってるってわけですか」

与兵衛は相馬に目を光らせる長身の武士のことを思い出していた。下斗米秀之進の潜伏先を探り出すためだとしたら頷ける話だ。

「昨夜、八右衛門店へ女の人が下斗米秀之進さんを訪ねてきたようです。大店のご内儀風だったって話なんですが、盛岡藩と何か関わりのある女の人で、心当たりはありますか」

生田は答えるのを躊躇《ちゅうちょ》した。

「八右衛門店へ越してきたのは相馬さんなのに、なぜかその女の人は下斗米秀之進って人を訪ねてきたんです。どういうことなんですかね」

「それは、私がお美代さんに正確に伝えなかったからだ」

「お美代さんと仰るんですか」

「そうだ。町中ですれ違う形でしか話せなかったのだ。だから、尾上町の八右衛門店へ越すことになったとしか伝えられなかった。それゆえ、お美代さんはあの長屋に下斗米さんが越してきたと思い違いをしたのであろう」

「そのお美代さんという人も、逃げている二人に協力しようとしているんですね」

生田は頷いて、話を続けた。

「お美代さんは盛岡藩の御用達をしている須田町の蠟燭問屋『田上屋』の内儀で、藩の大目付・大友玄一郎様の妹なのだ」

「藩の大目付というのは、確か、ご家中の方々を取り締まるのがお役目だと聞いたことが」

「大友様は昨日、国許から到着なされた。此度《こたび》の出府は、大目付として下斗米さん捕縛の指揮を執《と》るためなのだ」

「お美代さんって人は、どうして、実の兄さんの意に背《そむ》くようなことを」

「下斗米さんとお美代さんはいずれ祝言《しゅうげん》を挙げると、私たち周囲の者は思っていた。二人はそういう間柄だったのだ。だが十年前、お美代さんは急遽《きゅうきょ》、祖父と孫ほど歳の離れた田上屋笹蔵の許に、人身御供《ひとみごくう》同然に嫁《とつ》がれた」

「人身御供同然に、とはどういうことですか？」

「度重《たびかさ》なる飢饉《ききん》で苦しくなった財政を立て直す手段として、藩は所縁《ゆかり》のある領内外の商家から金を借りていた。その中でも最大の金主だった田上屋は、返済は半額でいい、その代わりお美代さんを嫁に迎えたいと願い出たんだ。藩は兄の大友様にお美代さんを説得させ、田上屋の望みを叶《かな》えた」

「下斗米って人もそれを承諾《しょうだく》したんですか」

「藩の意向は即《すなわ》ち殿のご意向なのだから黙って従うのが家臣の務めだと、下斗米さんはそう言っただけで、二度とお美代さんのことは口にしなかった。下斗米さんはそういう人なのだ。今度のこともけっして軽挙妄動ではなく、下斗米さんは藩内の不満を収めるためにも暗殺計画を実行に移すしかないと、苦渋《くじゅう》の決断をされたのだ。お美代さんもそれが判っているから、大友様や田上屋に内緒で、何とか下斗米さんを江戸から逃がそうとしているのだ」

仕事帰りの職人たちで店内が混みはじめ、これ以上は話を続けられなかった。

居酒屋を出た生田は与兵衛に、

「相馬さんに何かあったら、必ず私に知らせてくれ。頼んだぞ」

与兵衛は場所を変えてもう少し話を聞きたかったが、生田はそろそろ戻らなければ怪しまれる恐れがあるからと、外桜田の盛岡藩上屋敷へ帰っていった。

与兵衛は夕暮れの京橋と日本橋を渡って室町《むろまち》通りへ出ると、お美代の嫁ぎ先だという蠟燭問屋『田上屋』がある内神田に向かった。

お美代に会って話を聞こうと考えていた。

だが、与兵衛は途中で立ち止まった。

お美代の行動は『田上屋』には秘密にしているはずだ。生田卓馬の名を出してお美代を呼び出すつもりだったが、『田上屋』の奉公人に不審に思われるようなことになってはまずい。

生田卓馬の話どおりなら、十年前、下斗米秀之進は夫婦になるはずだったお美代が人身御供同然に『田上屋』へ嫁ぐことを黙過した。お美代と共に盛岡藩を離れる道もあったはずだが、盛岡藩士であることを優先して、お美代を見捨てたのだ。

若狭小浜藩士だった頃の与兵衛なら間違いなく同じ道を選んだだろう。藩の意向は即ち藩主の命令であり、他のすべてを黙殺して従うのが武士として当然の務めなのだ。そういう生き方に嫌気がさして若狭を離れたとはいえ、かつては武士だった与兵衛には下斗米を一概《いちがい》に責めることはできなかった。

判らないのは、お美代の気持ちだった。

十年前自分を見捨てた下斗米の選択を武士として当然のことだと、武家育ちのお美代が考えたとしても不思議ではない。下斗米を恨《うら》む気持ちもまったくないかもしれない。

しかし、恨んでいないからといって、お美代がひそかに下斗米を逃がす手助けをしようとしていることに違和感が残るのだ。すべてを犠牲にしてでも藩の意向に従うのが武士の務めだとお美代も本気で考えているのなら、藩の意向に反して弘前藩主の暗殺を企て手配書まで廻っている下斗米に手を貸すことは、十年前とは明らかに矛盾するからだ。

下斗米を恨んでいればおそらく助けようとは思わないだろうし、逆に、自分を捨てて藩の意向に添った下斗米の判断を認めたのなら、今の下斗米を助けるのは、武家育ちのお美代が選ぶ道ではないはずなのだ。

町場の商家の内儀として生きてきた十年の歳月が、武家育ちのお美代を変えたということなのだろうか。

内神田へ行くのをやめた与兵衛は途中で室町通りを右に折れて、まっすぐ両国橋へ向かった。

宵《よい》の両国広小路は昼間と比べると人出は少ないものの、江戸一番の盛り場と言われるだけの賑わいを見せていた。

人混みの中を両国橋西詰めまで来て、与兵衛は思わず足を止めた。

近くの稲荷《いなり》神社の暗がりで、あの長身の武士が誰かと立ち話をしているのが見えたのだ。

与兵衛はそっと近づこうとしたが、長身の武士が出てきたので背を向け、肩越しに様子を窺った。

長身の武士は広小路を西へ向かった。

与兵衛はあとを追うことにした。

その時、稲荷神社の暗がりから現れた立ち話の相手を見て、与兵衛は息を呑んだ。

なんと相馬だったのだ。

(どうして、相馬さんがあの男と？)

与兵衛は信じられない思いだった。

長身の武士は下斗米の潜伏場所を突き止めるために相馬に目を光らせているのだと、今の今まで与兵衛は思っていたが、どうやらそうではなかったようだ。

二人はどういう関係で、人目を避けて何を話していたのか。

両国橋を東へ戻っていく相馬の後ろ姿を見送りながら、与兵衛の頭の中は混乱していた。

とにかく、長身の武士の身許を確かめなくてはならない。

与兵衛は慌てて男を目で追った。

長身の武士は広小路を横切って、米沢町《よねざわ》の路地へ入っていった。

室町通りを左に折れ、日本橋と京橋を渡って、与兵衛は距離を置いて長身の武士を追った。

尾行に気づかれずに済んでいるのは、まだ人通りがあるせいだった。

長身の武士は数寄屋川岸へ出て、外堀沿いに左へ進んだ。

この先には山下御門があり、そこから入った外桜田には多くの大名屋敷に並んで盛岡藩の江戸上屋敷がある。

長身の武士が盛岡藩の人間なら、山下御門を入るはずだ。

江戸城を取り囲む内堀にある大手《おおて》門や桜田門、和田倉《わだくら》門などの内郭《ないかく》門には門番が常駐し、開閉の刻限が厳しく決められていて、暮れ六つ（午後六時頃）をすぎると翌朝明け六つ（午前六時頃）まで門は開かなかった。町人地の神田川沿いにある外郭門は一日中門が開いていて門番もいないのだが、江戸城に近い外堀にある外郭門には一応門番がいて人の出入りを確認している。だが、内郭門ほど人の出入りに厳しくはなかった。山下御門はその外郭門のひとつだった。

与兵衛の睨んだとおり、長身の武士は橋を渡って山下御門の中へ消えた。

与兵衛は不審に思われるのを避けるために、後を追って門の中へ入るのはやめた。

長身の武士が下斗米に協力している盛岡藩士なら、相馬大作と会っていたことも頷けるが、生田卓馬は藩に内緒で動いているのは自分だけだと言っていた。

そうだとすれば、長身の武士は盛岡藩の命を受けて下斗米捕縛のために、相馬に目を光らせていたはずなのだ。

相馬は何のために長身の武士と会って、何を話していたのだろう。

尾上町へ戻る間、相馬の行動が何を意味しているのか、与兵衛は考え続けた。

「まさか……?」

与兵衛は思わずつぶやいた。

下斗米たちの弘前藩主暗殺計画は、何者かの内通が原因で失敗に終わったという話だった。もしかすると内通者は相馬なのではないか、そんな疑いが与兵衛の脳裏をよぎったのだ。

暗殺計画を弘前藩に密告して失敗に終わらせ、行動を共にする覚悟だと称して下斗米を監視する。相馬も盛岡藩の命を受けて動いているのだとしたら、長身の武士と会っていたことも頷ける。

盛岡藩の手配書が下斗米にだけ出されているのも、相馬が内通者だからだと考えれば納得がいく。

だが、見るからに人のよさそうなあの相馬が、仲間を裏切るような人間なのか、与兵衛の中でさまざまな思いが渦まいた。

今まで相馬の身を心配してきた与兵衛は、裏切られたような気がしていた。

ただ、相馬はどうやら下斗米の潜伏場所を知らないようだとも思った。知っていれば盛岡藩がとうに下斗米を捕縛しているだろうし、相馬と長身の武士が連絡を取り合う必要もないはずなのだ。

八右衛門店に戻った与兵衛は相馬の家の前で、

「与兵衛です」

と、小さく声をかけて腰高を開けた。

家の中のいたる場所に貼り終わった傘が乾《かわ》かしてあり、相馬は傘貼りに夢中で与兵衛に気づかない。

与兵衛は黙って相馬を見据えた。

見るかぎり、今も相馬はどこか憎めない好人物そのものの傘貼り浪人だ。

できれば相馬への疑いが間違いであってほしいと、与兵衛は思った。

相馬が戸口にいる与兵衛に気づいて、

「与兵衛か。何か用か？」

「よかったら一緒に呑みにでもと。でも、無理みたいですね」

「昼間も話したように今夜は徹夜になりそうなんだ。悪いがまたにしよう」

「判りました。何かお手伝いしますか」

「頼むと言いたいところだが、餅屋《もちや》は餅屋、一人の方がはかがいく。気にせず楽しんでくるといい」

と、笑顔で言って、相馬は傘貼り仕事を続けた。

与兵衛は腰高を閉め、その場を離れた。

家に戻った与兵衛は、徳利《とつくり》の酒を茶碗に注《つ》いで口をつけた。

いつもと違って苦い酒だった。

生田卓馬と『田上屋』のお美代の動きは、おそらく盛岡藩に筒抜けだ。このままにしておけば二人の身がただでは済まなくなるに違いない。

相馬のことを二人の耳に入れなければと思いながら、与兵衛はどこかで迷っていた。裏切られたとわかっていても、まだ、与兵衛の中には相馬を信じたい思いがあった。

それを振り払うように、与兵衛は残りの茶碗酒を一気に呑みほした。

四

外桜田盛岡藩上屋敷の一室では、大目付・大友玄一郎が燭台《しょくだい》の灯りを傍らに書見していた。

「生田卓馬です。お呼びでしょうか」

廊下から生田卓馬の声がした。

「入れ」

大友が顔を上げて答えた。

生田が入ってきて、大友の近くに座した。

「江戸詰めになる前は下斗米秀之進と親しかったようだな」

「国許では公私共にお世話になりました」

「だからこの江戸で、下斗米に手を貸しているわけか」

「そ、それは……」

　生田は言いよどんだ。

「隠さずともよい。暗殺計画に加われなかったこともあって、せめて下斗米秀之進を江戸から逃がそうとしているのだろう。だが、下斗米秀之進はわが藩から手配書が出ている大罪人だということを忘れるな」

「お言葉ですが」

　と、生田は意を決して、

「私をはじめ盛岡藩家中の多くは、下斗米さんを大罪人だなどとは思っておりません。長年に亘って積もりに積もった家中の不満と鬱憤《うっぷん》を、下斗米さんは晴らそうとしてくれたのです。家中の者にとって、下斗米さんは英雄なんです」

「家中の者にとっては英雄でも、藩にとっては大罪人だ。弘前藩はむろん、ご公儀の手が伸びる前に、何としても我が藩が彼奴《きゃっ》を召し捕らねば、盛岡藩は世間の笑いものになる。お前がこれ以上藩命に背くことは許さん。今後この上屋敷から出ることは、一切禁じる。よいな。判ったら下がってよい」

「で、ですが、大目付様」

「下がれと言ったはずだ」

生田は唇を噛みしめて部屋から出ていった。

隣室の襖を開けて、長身の武士が入ってきた。盛岡藩大目付配下・片岡蔵人《かたおかくらんど》だった。

「これでしばらくは生田卓馬も静かになるでしょう」

「残るはお美代だが、どうしたものか」

「ご心配には及びません。生田と連絡が取れなくなれば、おそらく一人では何もできないものと」

「ならばよいが」

大友はため息混じりで続けた。

「大目付の大役を仰《おお》せつかる身としては、このままお美代がおとなしく『田上屋』の内儀でいてくれることを願うばかりだ」

翌日、朝四つ（午前十時頃）すぎ――。

池之端界隈はまだ昼前ということもあって、人通りは少なかった。

その中に、お美代の姿があった。

「あの店ですから」

と、隣を歩きながらお涼が言った。

前方に『ゆめや』が見えていた。

お涼は与兵衛に頼まれて、お美代を案内してきたのだ。

与兵衛は朝五つ（午前八時頃）前に盛岡藩の上屋敷へ行って、生田卓馬を呼び出そうとしたのだが、急病で外出はできないと言われた。生田が駄目ならお美代に相馬のことを話すしかないと思い、『田上屋』にはお涼に行ってもらった。

男の与兵衛がお美代の知り合いだというよりは、女のお涼の方が奉公人にも怪しまれないだろうし、『ゆめや』で会う方が例の長身の武士にも知られずに済むと考えたからだ。

開店前の『ゆめや』では、与兵衛が待っていた。

お美代には、同じ八右衛門店に住んでいる与兵衛という屋台のすし屋が相馬大作のことで知らせたいことがあると、お涼に伝えてもらった。

卓に向かい合った二人に茶を出して、お涼が板場へ引っ込んだ。

弘前藩主の暗殺計画を失敗に終わらせた内通者は相馬で、盛岡藩と通じて下斗米秀之進を召し捕ろうとしている可能性が高いことを、与兵衛はかいつまんでお美代に話した。

「そうですか、相馬さんが……」

お美代はそれだけ言って黙り込んだ。

もっと動揺するかと思ったが、お美代の反応は冷静だった。

「相馬大作さんのことはご存じなんで」

「お話ししたことはありませんが、国許にいる頃お顔を一、二度お見かけしたことがあります」

「下斗米さんの潜伏先ですが、生田さんからはまだ聞いていませんか」

「ええ、まだ」

「どうやら相馬さんも知らないようなんで、もし、下斗米さんがいまどこにいるのかご存じでも、けっして漏らさないように生田さんには言ってください。ただし、生田さんが本当に急病ならの話ですが」

「どういうことですか」

「盛岡藩に動きを悟られて、生田さんは足止めされてるってこともないとは言えません。その場合はみだりに近づかない方がいいと思いますよ」

「下斗米さんの潜伏先は私にもいくつか心当たりがあるので、あとは私に任せてください。与兵衛さんでしたね、これ以上このことに関わるのは遠慮してもらえないでしょうか」

与兵衛はお美代を見た。

お美代は与兵衛と視線を合わさずに続けた。

「盛岡藩とは何の関係もないあなたに、この先もご迷惑をおかけするのは申し訳ないし、それに、できれば今度のことは内々で解決したいと、そう思っています。気を悪くなさらないでください」

「判りました。仰るとおりにしますよ」

与兵衛はお美代を見据えたまま言った。

「私はこれで」

お美代が腰掛けから立ち上がったので、板場からお涼が出てきて、声を掛けた。

「お送りします」

「いえ、一人で大丈夫です」

お美代は二人に黙礼して出ていった。

お涼が帰っていくお美代を見送りながら、

「お武家の世界のことはよく判らないけど、お美代さん、きっと下斗米って人のことが心底好きなんでしょうね。好きだから、十年前のことも許せるし、今度も力になろうとしてるんだと思うわ」

　と、表戸を閉めて与兵衛を振り返った。

　与兵衛は黙って何か考え込んでいる。

「与兵衛さん、どうかして？」

「いや、別に」

　と、与兵衛は湯呑みの茶を口にした。

　相馬が長身の武士に命を狙われているのではないことも判り、もう身の引きどころだと思う一方、お美代が何かを隠しているような気が与兵衛にはしていた。

　それが何かは判らないが、これ以上立ち入ることをお美代に拒絶されて、与兵衛はどこかでほっとしてもいた。

　町人として生まれ変わった与兵衛にとっては、これ以上武家社会の出来事に首を突っ込まずに済むなら、その方がよかった。武家社会の愚かさを感じつつも、相馬のことが気になって、与兵衛はついつい深入りしそうになっていたのだ。

「お美代さんのお兄さんって、盛岡藩の大目付なんでしょう」

　と、お涼が気がかりそうに続けた。

「内々で解決するといっても、簡単にはいかないでしょうに。この先どうするつもりか知らないけど、武家育ちの女の人って、芯《しん》が強いってことなのかしらね」

お美代がどう解決するつもりなのか、与兵衛にも見当はつかなかった。

小女のおよねが、

「おはようございます」

と、店に入ってきた。

ほどなく板前の佐八もやって来たので、与兵衛は『ゆめや』をあとにした。


八軒長屋へ戻った与兵衛は「早ずし」の試し作りに没頭した。

押しずしよりも手早く出来て値段も安い「早ずし」は、芳次郎が生存中からの目標で、この半年、一人になってからも与兵衛は試作を続けている。

最近は値段を下げるために、酢めしを四つ切りにした押しずしの半分以下の大きさにして、上に酢漬けの小鰭《こはだ》や鯖《さば》を乗せてみたが、小さくなっただけ逆に酢の味が強くなりすぎてしまった。

今日は上に乗せるネタを酢漬けにしないで試してみた。

しかし、生《なま》の魚介類は傷《いた》むのが早いから客に敬遠されそうだし、酢めしと生の魚介類という取り合わせは一味《ひとあじ》何かが足りないという感じだった。

日が落ち始めているのも気づかずに、与兵衛は何度も試行錯誤を繰り返していた。

同じ長屋にいる相馬大作のことも忘れていた。いや、忘れようとしていた。

戻ってきたとき、相馬の家からは新しい傘貼り仕事をしている物音がしていたが、声をかけることはしなかった。

お美代に拒絶されるまでもなく、武士を捨て町人として生きることを選んだ与兵衛には、もともと盛岡藩内の揉め事は関係のないことなのだから、これでいいのだと自分に言い聞かせていた。

そこへ、いきなり生田卓馬がとび込んできた。

「相馬さんがどこへ行ったか知らないか」

「家で傘貼り仕事をしてるはずですよ」

「家にはいないんだ。行き先は聞いていないのか」

「聞いてませんが」

「藩から外出を禁じられたんだが、相馬さんのことが心配でこっそり出てきた。どこへ行ったのかな、相馬さんは」

生田が急病ではなかったと判って、与兵衛は腰高を閉め、これまでに判ったことを話すことにした。

「内通者は、どうやら、相馬さんだったようなんで」

「何の話だ」

「ですから、去年暗殺計画を弘前藩に密告したのは相馬さんじゃないかということです。下斗米さんたちの仲間になったのも、盛岡藩の命令だったんですよ」

生田からは意外な答えが返ってきた。

「そんなことはあり得ない話だよ。相馬さんが内通者だとか、盛岡藩の命令で動いているとか、そんな馬鹿なことはあり得ない。なぜなら、相馬大作というのは偽名で、あの人が下斗米さんなのだからな」

思いもよらない話に、与兵衛は驚いた。

「あの人が……!?」

「そうだ。あの人が弘前藩主の暗殺を計画し、失敗して盛岡藩から手配書は出ているが、我々家中の者の不満と鬱憤を晴らしてくれた下斗米秀之進さんなのだ」

相馬大作の話をした時に、お美代が冷静な反応だったことを、与兵衛は思い出していた。相馬が下斗米秀之進だと、お美代も知っていたのだ。

与兵衛は、お美代に会ったことを生田に話した。

「お美代さんがこの八右衛門店へ下斗米秀之進さんを訪ねてきたのは、生田さんが言ったように、その時はまだ偽名を使っていることを知らなかったからなんですね」

「相馬大作という偽名だということは、次の日、お美代さんの耳に入れた」

与兵衛は更に気になっていることを生田に訊ねた。

「あの人が下斗米さんなら、どうして盛岡藩の手配書に別人の人相書が？」

「藩は弘前藩やご公儀より先に下斗米さんを捕縛するつもりなのだ。だから、手配書にわざと別人の人相書を入れたのだ」

相馬大作と下斗米秀之進が同一人物ならば尚《なお》のこと、相馬と長身の武士が会っていたことを伝えなければと、与兵衛は思った。

「下斗米さんが長身の盛岡藩士と？」

生田は長身の武士に心当たりがあるようだった。

「盛岡藩のご家中なんですね」

「たぶん片岡蔵人という大目付・大友玄一郎様の配下だと思う。確か、大友様よりひと足早く江戸へ来ていた。しかし、下斗米さんが、なぜあの片岡と……？」

与兵衛は生田を見て言った。

「相馬さん、いや、下斗米秀之進って人は、裏では盛岡藩と繋がってるということだと思いますよ」

「裏で藩と繋がっている？」

「おそらく、盛岡藩の意向で暗殺計画を首謀したんじゃないかと」

「ま、まさか、そんなはずは⁉」

生田が身を翻そうとした。

与兵衛が腕を押さえて、

「どこへ行くんです」

「下斗米さんを捜すんだ。直接本人に確かめるまで、私には信じられない」

生田は与兵衛の手を振り切って出ていった。

与兵衛は、一瞬迷ったが、あとを追って家を出た。

木戸のところで、買い物帰りのお咲と出くわした。

「あら、与兵衛さん、どちらへお出かけ」

お咲が大人びた口調で与兵衛に笑いかけた。

「ちょっとね」

与兵衛はそのまま遠くなった生田を追おうとした。

「そうだ、相馬さんってご浪人さんなんだけど、人は見かけじゃ判らないもんよね」

与兵衛はお咲を振り返った。

「相馬さんがどうかしたのかい」

「信じられないような綺麗《きれい》な女《ひと》と一緒だったの。もしかしたら、母ちゃんたちが言ってた人かもしれない」

「見かけたのか」

「うん、今しがた回向院の近くでね。誰が見たって不釣合いだし、どうしてって思うけど、それが大人の女と男ってことなのかな」

お咲の話の途中で、与兵衛は走り出していた。

お咲が見かけたのは、相馬とお美代に違いない。生田を追うのはやめて、二人を捜すつもりだった。

お美代は下斗米秀之進に会って、どうするつもりなのだろう。内々でどう解決しようというのだろう。

尾上町から両国橋東の大通りへ出た与兵衛の足が止まった。

長身の片岡以下数人の武士に囲まれて、生田が橋を渡っていくのが見えたのだ。

盛岡藩の藩士に身柄を拘束《こうそく》され、上屋敷へ連れ戻されようとしていると判ったが、与兵衛はそのまま見送った。

弘前藩主暗殺計画の裏にあるものを知れば、おそらく若い生田卓馬は傷つき、尊敬してきた下斗米秀之進に幻滅することになるだろう。

武士として生きることがどんなに過酷なものか、知らずに済むものならその方がいいのだがと、連れ戻されていく生田を見送りながら与兵衛は思っていた。

与兵衛には、今まで見えなかったものが見えてきていた。

相馬大作こと下斗米秀之進は、藩命で弘前藩主の暗殺計画を企てたのだ。

藩内に渦巻く弘前藩への不満と鬱憤を放置しておけば、不測の事態が勃発《ぼっぱつ》する可能性が高い。それを恐れた盛岡藩は、下斗米秀之進に弘前藩主暗殺計画を企てさせた。むろん藩内の不満を抑えるのが目的だから、本気で弘前藩主の暗殺を考えてなどいなかった。そんなことをすれば公儀から厳しい処分を受けることにもなるのだから当然だろう。

下斗米は弘前藩に内通して暗殺計画を失敗に終わらせた。そして、盛岡藩は一切無関係で、下斗米一人が暴走して起こした暗殺未遂ということにしたのだ。

下斗米秀之進は盛岡藩士として、十年前にお美代を見捨てたのと同じように、藩命に従ってこの道を選んだのだ。

お美代だけでなく自分自身を犠牲にしてでも、下斗米秀之進は武士の道を貫こうとしていたのだと、与兵衛は確信していた。

夕暮れに染まった回向院の裏手で、相馬大作こと下斗米秀之進とお美代が向かい合っていた。

「やはりそうだったのですね……」

下斗米を哀《かな》しげに見つめて、お美代が言った。

「あの時と同じように、盛岡藩のためにすべてを犠牲になさろうとしておいでだったのですね。もしかしたら、今度は藩の意向に背いてご自分の意志で動かれているのではないかと、できればそうあってほしいと……何の未来もない藩命に従うのは、もうやめてください。そして、私と一緒に逃げてください」

下斗米は無言でお美代を見返した。

お美代は隠し持っていた小刀を、いきなり逆手で抜くと、自分の喉《のど》もとに突きつけた。

「やめなさい」

下斗米がお美代を見据えて言った。

「やめるんだ、お美代どの」

首を横に振ってお美代が答えた。

「私と一緒に逃げると言ってくださらなければ、この場で喉を突いて死にます」

「お美代どの……」

「本当は、十年前にこうすべきだったのです。私と藩のどちらを取るのか、あの時あなたに決めてもらうべきだったのに、できなかった。武家で育った私には、どうしてもできなかったのです。でも、今は違います。今なら、こうしてあなたの返事を待てる。死ぬ覚悟も出来ています」

「俺がどんな男か、お美代どのには判っているはずだ」

下斗米は静かに言った。

「盛岡藩の武士として生きる。俺にはそれしか道はない。だから、十年前もお美代どのを見捨てた。今度の暗殺沙汰も同じだ。盛岡藩士として取るべき道だから、後悔はしていない」

「たとえ私が死んでも、後悔はしないと」

「下斗米秀之進はそういう男なんだ。昔も今も、これから先も。お美代どのが骸《むくろ》になったとしても、盛岡藩を守るために俺は平気でこの場から立ち去る。お美代どのを見捨てて」

お美代の頬に一筋の涙が伝い落ちた。

そのお美代の手から、やがて、喉もとに突きつけていた小刀が、ゆっくりとこぼれ落ちた。

込み上げる嗚咽《おえつ》を抑えきれないまま、お美代は逃げるように小走りに去っていった。

下斗米は落ちている小刀を拾い上げて、見つめた。

背後に、与兵衛が姿を現した。

すると近くの木陰から、長身の武士・片岡蔵人が殺気を帯びて出てきて、与兵衛の前に立ち塞がろうとした。

「大丈夫だ」

と、下斗米が言った。

「しかし」

「この男なら心配はいらんよ」

片岡は渋々木陰へ戻っていった。

片岡が目を光らせていたのは、下斗米を弘前藩や公儀から守ると同時に、下斗米が勝手に動くことを監視するためだったのだ。しばらく与兵衛を尾けていたのは、下斗米に接近した目的を知りたかったのか、公儀の手の者ではないかと疑ったからだろうと、与兵衛にもようやく察しがついた。時おり感じた殺気も、与兵衛を試そうとしていたのかもしれない。

「これで、いいんですかい」

下斗米を見据えて、与兵衛が訊いた。

「下斗米秀之進は、軽挙妄動に走った挙句《あげく》、盛岡藩のお尋ね者として逃げ廻っていると世の中に思われたままで、本当にいいんですか」

「愚か者だと思っているだろうが、これが俺の武士としての生き方なんでな。他の道はない」

与兵衛を見返して、下斗米が言った。

「相馬大作という名は嫌いじゃなかったが、所詮《しょせん》は本名を隠すための偽名にすぎん。だが、あんたは違う」

下斗米が何を言おうとしているのかすぐには判らず、与兵衛は戸惑いを隠せなかった。

「華屋与兵衛、いい名だ。偽名というやつは素性を隠すためのものだが、まったく別人に生まれ変わったのならもう偽名じゃない。それが、本名なんだ」

与兵衛は思わず下斗米を見た。

「初めて出会ったとき、すぐに判ったよ。この男は只者じゃない、俺なんかにはとても太刀《たち》打ちできない手練だと。人にはそれぞれ、知られたくない事情がある。だから、俺はあんたを詮索《せんさく》しない」

下斗米は人懐っこい笑顔で与兵衛に言うと、手にした小刀を境内の雑木林の中へ思い切り投げて、その場を離れていった。

木陰にいた長身の片岡も、その場を離れて下斗米の後を追った。

与兵衛が元武士で偽名を使っていることを、下斗米は見抜いていながら今まで口にしなかったのだ。

長くない浪人暮らしにも拘《かかわ》らず下斗米が傘貼りの腕をあげていた理由が、与兵衛には解《わか》った気がした。

たとえ二度と盛岡藩へは戻れなくても、浪人として生きることで、盛岡藩士であることを貫《つらぬ》くつもりだからなのだ。

武士を捨てて町人として生まれ変わろうとしている与兵衛とは違って、下斗米はあくまでも最後まで武士として生きようとしているのだ。

小さくなっていく下斗米の後ろ姿を複雑な思いで見送りながら、与兵衛はその場に立ち尽くした。

下斗米秀之進はこの日のうちに忽然《こつぜん》と姿を消し、八右衛門店には二度と戻ってはこなかった。

生田卓馬は処分を受けることなく国許へ戻され、お美代もまた蠟燭問屋『田上屋』の内儀としての日常に戻った。

この年（文政五年・一八二二）八月、元盛岡藩士・下斗米秀之進は、みずから幕吏《ばくり》に名乗り出て捕らえられ、不届きな浪人者として、千住《せんじゅ》小塚原《こづかっぱら》刑場で獄門の刑に処された。享年三十四歳だった。

定かではないが、公儀・盛岡藩・弘前藩の三者は、下斗米秀之進の刑死で事態を収めようとしたのだとも伝えられている。盛岡藩が作った人相書が別人のものだったことを公儀が不問に付したことからも、下斗米秀之進の出頭は藩命に従ったからに違いない。

この騒動で、下斗米秀之進の他に命を落とした者はいなかった。

一〇〇字書評

辻あかり

切り取り線

購買動機（新聞、雑誌名を記入するか、あるいは○をつけてください）

□（　　　　　　　　　　　　）の広告を見て
□（　　　　　　　　　　　　）の書評を見て
□ 知人のすすめで　　□ タイトルに惹かれて
□ カバーが良かったから　　□ 内容が面白そうだから
□ 好きな作家だから　　□ 好きな分野の本だから

・最近、最も感銘を受けた作品名をお書き下さい

・あなたのお好きな作家名をお書き下さい

・その他、ご要望がありましたらお書き下さい

住所	〒				
氏名		職業		年齢	
Eメール	※携帯には配信できません		新刊情報等のメール配信を 希望する・しない		

この本の感想を、編集部までお寄せいただけたらありがたく存じます。今後の企画の参考にさせていただきます。Eメールでも結構です。

いただいた「一〇〇字書評」は、新聞・雑誌等に紹介させていただくことがあります。その場合はお礼として特製図書カードを差し上げます。

前ページの原稿用紙に書評をお書きの上、切り取り、左記までお送り下さい。宛先の住所は不要です。

なお、ご記入いただいたお名前、ご住所等は、書評紹介の事前了解、謝礼のお届けのためだけに利用し、そのほかの目的のために利用することはありません。

〒一〇一－八七〇一
祥伝社文庫編集長 坂口芳和
電話 〇三（三二六五）二〇八〇

祥伝社ホームページの「ブックレビュー」からも、書き込めます。
http://www.shodensha.co.jp/bookreview/

祥伝社文庫

辻《つじ》あかり　屋台《やたい》ずし・華屋《はなや》与兵衛《よへえ》事件帖《じけんちょう》

平成24年 4月20日　初版第 1 刷発行

著　者　逆井《さかさい》辰一郎《しんいちろう》

発行者　竹内和芳

発行所　祥伝社《しょうでんしゃ》

東京都千代田区神田神保町 3-3
〒101-8701
電話　03（3265）2081（販売部）
電話　03（3265）2080（編集部）
電話　03（3265）3622（業務部）
http://www.shodensha.co.jp/

印刷所　堀内印刷
製本所　ナショナル製本
カバーフォーマットデザイン　中原達治

Printed in Japan ©2012, Shinichirou Sakasai ISBN978-4-396-33757-5 C0193

祥伝社文庫の好評既刊

逆井辰一郎　雪花菜《きらず》の女　見懲らし同心事件帖

同心になったばかりの浪人野蒜《のびる》佐平太。いたって茫洋としていながらも、彼にはある遠大な目的が！

逆井辰一郎　身代り　見懲らし同心事件帖②

結ばれぬ宿世の二人が……。許されぬ男女のために、〝見懲らし同心〟佐平太が、奔走する。

逆井辰一郎　押しかけ花嫁　見懲らし同心事件帖③

許してはならぬ罪、許すべき罪を見極め、本当の〝悪〟を退治する、見懲らし同心佐平太が行く！　人気の第三弾！

逆井辰一郎　初恋　見懲らし同心事件帖④

いくつになっても、忘れ得ぬ想い……一途な男たちのため、見懲らし同心、こころを砕く！

今井絵美子　夢おくり　便り屋お葉日月抄①

「おかっしゃい」持ち前の侠な心意気で邪な思惑を蹴散らした元芸者・お葉。だが、そこに新たな騒動が！

今井絵美子　泣きぼくろ　便り屋お葉日月抄②

父と弟を喪ったおてるを励ますため、お葉は彼女の母に文を送るが、そこに新たな悲報が……。

祥伝社文庫の好評既刊

今井絵美子　なごり月　便り屋お葉日月抄③

「女だからって、あっちをなめたら承知しないよ！」情にもろくて鉄火肌、お葉の啖呵が深川に響く！

岡本さとる　取次屋栄三《えいざ》

武家と町人のいざこざを知恵と腕力で丸く収める秋月栄三郎。縄田一男氏激賞の「笑える、泣ける」傑作時代小説。

岡本さとる　がんこ煙管《ぎせる》　取次屋栄三②

栄三郎、頑固親爺と対決！「楽しい。面白い。気持ちいい。ありがとうと言いたくなる作品」と細谷正充氏絶賛！

岡本さとる　若の恋　取次屋栄三③

名取裕子さんもたちまち栄三の虜に！「胸がすーっとして、あたしゃ益々惚れちまったぉ！」大好評の第三弾！

岡本さとる　千の倉より　取次屋栄三④

「こんなお江戸に暮らしてみたい」と、日本の心を歌いあげる歌手・千昌夫さんも感銘を受けたシリーズ第四弾！

岡本さとる　茶漬け一膳　取次屋栄三⑤

この男が動くたび、絆の花がひとつ咲く！　人と人とを取りもつ〝取次屋〟の活躍を描く、心はずませる人情物語。

祥伝社文庫の好評既刊

沖田正午

仕込み正宗

凶悪な盗賊団、そして商家を標的にした卑劣な事件。藤十郎は怒りの正宗を振るい、そして悪を裁く！

沖田正午

覚悟しやがれ

仕込み正宗②

踏孔師・藤十、南町同心・碇谷、元邯《かん》鄲師《たんし》・佐七、子犬のみはり——。魅力的な登場人物が光る熱血捕物帖！

坂岡　真

のうらく侍

やる気のない与力が〝正義〟に目覚めた！　無気力無能の「のうらく者」が剣客として再び立ち上がる。

坂岡　真

百石手鼻《ひやっこくてばな》

のうらく侍御用箱②

愚直に生きる百石侍。のうらく者・桃之進が魅せられたその男とは⁉　正義の剣で悪を討つ。

坂岡　真

恨み骨髄

のうらく侍御用箱③

幕府の御用金をめぐる壮大な陰謀が判明。人呼んで〝のうらく侍〟桃之進が金の亡者たちに立ち向かう！

坂岡　真

火中の栗

のうらく侍御用箱④

乱れた世にこそ、桃之進！　世情の不安を煽り、暴利を貪り、庶民を苦しめる悪を〝のうらく侍〟が一刀両断！

祥伝社文庫の好評既刊

藤井邦夫　逃れ者　素浪人稼業③

長屋に暮らし、日雇い仕事で食いつなぐ、萬稼業の素浪人・矢吹平八郎。貧しさに負けず義を貫く！

藤井邦夫　蔵法師　素浪人稼業④

平八郎と娘との間に生まれる絆。それが無残にも破られたとき、平八郎が立つ！

藤井邦夫　命《いのち》懸《が》け　素浪人稼業⑤

届け物をするだけで一分の給金。金に釣られて引き受けた平八郎は襲撃を受け…。絶好調の第五弾！

藤井邦夫　破れ傘　素浪人稼業⑥

頼まれた仕事は、母親と赤ん坊の家族になること？　だが、その母子の命を狙う何者かが現われ……。充実の第六弾！

藤井邦夫　死に神　素浪人稼業⑦

死に神に取り憑かれた若旦那を守って欲しい!?　突拍子もない依頼に平八郎は……。心温める人情時代第七弾！

本間之英　まいご櫛

身を削り、命を懸ける人助け。型破りな男の熱き捜索行！　櫛職人・新次郎が、〝呪われた櫛〟の秘密を暴く！

祥伝社文庫　今月の新刊

恩田陸	訪問者	嵐の山荘、息づまる心理劇…熟成のサスペンス。
森谷明子	矢上教授の午後	老学者探偵、奮戦す！ユーモア満載の本格ミステリ。
仙川環	逆転ペスカトーレ	崖っぷちレストランを救った「謎のレシピ」とは!?
森村誠一	刺客長屋	貧乏長屋を砦にし、百万石の精鋭を迎え撃つ、はぐれ者たち。
門田泰明	秘剣 双ッ竜　浮世絵宗次日月抄	悲恋の姫君に迫る謎の「青忍び」シリーズ最興奮の剣の舞——
小前亮	苻堅《ふけん》と王猛《おうもう》　不世出の名君と臥竜の軍師	理想を求めた名君の実像と中国史上最大・淝水の戦いの謎に迫る。
沖田正午	勘弁ならねえ　仕込み正宗	富籤を巡る脅迫事件に四人と一匹が挑む大活劇！
逆井辰一郎	辻あかり　屋台ずし・華屋与兵衛事件帖	伝説の料理人が難事件に挑む、時代推理の野心作！
鳥羽亮	悪鬼襲来　闇の用心棒	父の敵を討つため決死の少年。秘剣〝死突き〟を前に老刺客は…